CORÍN TELLADO

Disculpo tus pecados

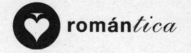 **román**tica

Título: Disculpo tus pecados
© Corín Tellado, 2003
© Ediciones B, S. A.
© De esta edición: octubre 2003, Suma de Letras, S. L.
Barquillo, 21. 28004 Madrid (España)   www.puntodelectura.com

ISBN: 84-663-0983-7
Depósito legal: B-36.562-2003
Impreso en España – Printed in Spain

Cubierta: MRH
Fotografía de cubierta: GETTY IMAGES
Diseño de colección: Ignacio Ballesteros

Impreso por Cayfosa-Quebecor, S. A.

CORÍN TELLADO

Disculpo tus pecados

Para una mujer resulta siempre muy delicado
el pedir perdón a un hombre.
Ignora hasta dónde le puede llevar esto.

A. Capus

1

—Será un fin de semana fenomenal, Kay, te lo aseguro. Los chicos son de lo más divertido, y Frank, el que te he reservado, anda loco por conocerte. Le he hablado de ti, de tu falta de veteranía, de tu ingenuidad, y me ha hecho prometer que te llevaría conmigo. ¿Me estás oyendo, Kay? ¿Dónde andas que no respondes?

Nancy hablaba casi a gritos.

Como si la vivienda fuera tan enorme que pudiera esconderse en ella. Y lo curioso es que se trataba de un cuarto de reducidas dimensiones, tétrico, frío y de paredes desconchadas, con dos catres, dos sillas, un armario cuyas puertas no cerraban del todo y colgaba ropa por todas partes. Un hornillo al fondo y una mesa con una pata medio carcomida.

Nancy se hallaba metida en la cama, metida en un pijama estrafalario, de muchas flores, de una tela que alguna vez debió de ser raso o cosa parecida. Descalza, con las uñas de los pies pintadas, los cabellos alborotados teñidos de un rubio platino. Cabalgaba una pierna sobre la otra y, con una lima de cartón, intentaba limarse las uñas, separándolas de la mirada, entornando los párpados, soplándolas y volviendo a limar.

—Ese Frank tiene mucha pasta, te lo digo. Se le nota. Tal vez sea algo brutote, pero lleva un reloj de oro en la muñeca que pesa una tonelada y un anillo que brilla de modo hiriente. Te digo que ésos pagan bien, así pues, he quedado con él y su amigo para el viernes por la noche. Te diré aún más, pretendía venir aquí conmigo, pero no me dio la gana. Traerlos aquí sería un desacierto, así que puse todas las disculpas que pude y les convencí. No se te ocurra liarte por ahí mañana a la tarde. Les he citado en un lugar determinado. Te pondrás muy guapa y no te digo cómo me pondré yo. Y, ¿sabes adónde iremos? A una cabaña que tiene Jones en las afueras. A Jones me lo reservo para mí, ¿te lo he dicho ya? A ti te queda Frank.

Y como en la alcoba sólo se oía su voz, Nancy elevó la cabeza platinada y con los ojos negros buscó la muda silueta de su compañera.

Kay estaba allí.

Tirada en su lecho, paralelo al suyo, pero de cara a la pared, y estaba más silenciosa que una muerta.

—Eh, Kay, ¿qué diablos te pasa que no respondes?

La aludida giró despacio.

Tenía la mirada entornada, pero por las rendijas de sus párpados se apreciaban sus grises ojos. Los rojizos cabellos le caían un poco por la frente y las mejillas.

—¿Estás sorda? ¿No has oído nada de cuanto te dije? ¿Eh, eh? Te preparo un plan soberbio y tú tan desasosegada, muda y desagradecida.

Kay se tiró del catre y apoyó los pies descalzos en el suelo.

Sin dejar de mirar a Nancy, sus pies empezaron a sobetear el suelo hasta que alzando los mocasines los puso sin necesidad de ayudarse con los dedos.

—¿Qué me dices del plan, Kay? —preguntó Nancy volviendo a su postura negligente y abandonada sobre el lecho cubierto con un edredón pardo que seguramente en su día lució lo suyo, pero que en aquel instante no dejaba de ser algo que se parecía a un sobrecama.

—Un fin de semana con todos los gastos pagados, bien comidas, abrigadas en una cabaña con chimenea y dos tipos estupendos, amén de lo que les podamos sacar. Ya puedes afilar las uñas, Kay. y no te conviertas en lo que sueles ser. Bien que te dé asco cierto asunto, pero... hay que hacer un esfuerzo y ganar pasta. Si tenemos asuntos así con frecuencia, podemos dejar esta mierda de cuarto y alquilar un apartamento decente y entonces sí que podremos hacernos de oro. Yo con mi veteranía y tú con tu ingenuidad y belleza. ¿Qué dices a eso Kay?

Nada.

Mejor no decir nada.

Y nada decía. Mudamente, alargó los dedos y de un paquete de cigarrillos que había sobre la mesita de noche sacó un cigarrillo que encendió con un fósforo. Fumó despacio.

—El día que pueda darle a la casera una patada en las posaderas —decía Nancy— no sabes con qué gusto lo haré —y sin transición ni dejar de limarse las uñas—: ¿Qué dices del fin de semana?

Kay se levantó y paseó el corto cuarto.

Fumaba y miraba en torno con expresión ida.

—Kay, ¿qué demonios te pasa?

—Hace frío —replicó sin alterarse—. Encenderé el hornillo y veremos si logro calentar algo esta nevera.

Nancy dejó de pulir las uñas comentando a media voz:

—No se te ocurra salir a la calle ahora, Kay. Y si quieres encender el hornillo, hazlo, pero mira de no gastar demasiado combustible. Esta semana no nos hemos lucido precisamente, y si seguimos así, se me antoja que vamos a pasar hambre. No obstante, el plan que te digo es positivo. Me los topé en mi carrera ayer.

—¿Por dónde has hecho la carrera? —preguntó Kay a media voz con mucha desgana—. No creo que hayas vuelto por la de Jim...

Nancy se alzó del lecho y dejó los pies en el suelo con fuerza.

—Jamás volveré a ver a ese proxeneta —gritó conteniendo la ira—. Me ha explotado cuanto le dio la gana. De ahora en adelante, tú y yo trabajaremos por nuestra cuenta.

—Suponiendo que Jim no dé con este escondrijo.

El rostro de Nancy se crispó.

—Mira, Kay, más vale que no vuelvas a mencionar a ese puerco proxeneta. Te lo he contado porque a alguien tenía que decirlo. Cuando hace dos meses te encontré en la estación muerta de frío y de cansancio, me diste pena y te propuse asociarte a mí. Cuando te dejaste llevar y nos fuimos las dos a aquella fonda, decidí que me apartaría de las carreras que Jim controla. Así que no me lo vuelvas a nombrar.

—Si bien no puedes olvidar que un día cualquiera puede dar contigo y atizarte una buena paliza, y encima obligarte a volver al redil.

—Oye —Nancy se sofocaba—, podemos hacer una cosa. A ti Jim no te conoce, de modo que una vez nos paguen los tipos con los cuales estaremos este fin de semana, nos vamos las dos a Tulsa, por ejemplo.

—De Dallas a Tulsa no le será difícil a Jim dar contigo si decide buscarte, y las pagarás caras por haber desertado.

—¿Quieres dejar de pasar las manos por ese débil fuego del hornillo, Kay, y sentarte en tu cama? Hemos de pensar en dejar Dallas. El solo pensamiento de que Jim dé conmigo me pone los pelos de punta. Te estaba hablando de un plan estupendo para este fin de semana y tú me lo destruyes sacando a relucir a ese puerco proxeneta.

Kay había dejado de pasar las manos por el fuego que despedía el hornillo y se sentó en el borde de su lecho, situado enfrente del de su eventual amiga.

Vestía una camisa tipo masculino de rayas muy finas, un pañuelo en torno al cuello y su esbelto cuerpo joven lo oprimía en unos pantalones tejanos estrechos que delineaban su armonía física.

—¿Cuánto tiempo has tratado tus asuntos a través de Jim, Nancy? —preguntó de repente Kay.

—¡Y yo qué sé! Se hizo mi novio y cuando me di cuenta o cuando pensaba casarme con él o que él se casara conmigo, me vi metida en el rollo. Era una más de sus tías... Pero eso importa poco ahora. El caso es que deserté el día que te conocí a ti. Me vi a mí misma hace años, ¿sabes? Mi padre acababa de morir y yo no tenía un centavo. Así que también llegué a una estación y allí estaba hecha un ovillo cuando apareció Jim. Era guapo, arrogante y todo eso que suele ser un hombre de su calaña... Me ayudó. Le creí... Lo demás vino por añadidura —y de súbito haciendo un alto—: ¿A qué fin esas preguntas si ya te lo conté cuando te invité a venir conmigo?

—Me pregunto por qué me metiste en esto. Nancy, si tú misma estabas harta de esa vida.

—Yo no conozco otra, Kay, es la pura verdad. Me adiestraron bien. ¿Sabes cuántos años tenía cuando me pescó Jim y me engatusó? La tuya, sobre poco más o menos. Diecinueve, veinte... ¡Qué sé yo! Hoy tengo veintiocho y como comprenderás di muchos tumbos. Tampoco puedo decir que viviera mal teniendo a Jim de proxeneta, pero me consideraba un mueble tirado por aquí y por allí, y que te tengas que someter a doce tíos diarios es demasiado. Así que aquella noche que te vi a ti me vi a mí misma años antes y te traje conmigo y a la vez decidí dejar a Jim.

—Y desde entonces andamos de un sitio para otro como dos diablos huidos.

—Kay, ¿es que quieres que Jim te conozca a ti?

—Claro que no. Pero... yo puedo irme cuando guste. Y tú me has ayudado.

Nancy puso expresión angustiada.

—No, no, Kay. Te ayudé sólo a medias. Como quiera que sea te metí en esta vida... Y tú pudiste aquella noche tener más suerte.

—No lo creas, Nancy —apuntó Kay con voz velada—. Entre mi padrastro o esto, prefiero esto.

—¿Qué pasó con ese padrastro tuyo?

—Ya te lo he contado. Muerta mi madre, quiso acostarse conmigo y yo salí huyendo. De modo que con el poco dinero que tenía me compré un billete y llegué a Dallas... Eso es todo. Como no tenía más dinero que ese que había gastado en el billete, decidí dormir en la estación. Fue cuando llegaste tú.

—Y te metí en este lío.

—Un día u otro tenía que llegar a él.

—Eso podía pensarlo yo cuando me di cuenta de que estaba perdida en un mar embravecido de pasiones y sexo, pero tú eres novata... Es verdad, Kay, no has ganado nada aún. ¿Es que no les cobras nada a tus chicos?

—De momento me invitan a comer y eso me basta —adujo Kay fumando con fiereza.

Hubo un silencio.

La voz de Nancy ya no era destemplada, ni aguda, ni siquiera alta. Por el contrario, era baja y profunda.

—Si supieras lo que pienso, Kay...

—¿Qué piensas?

—Que no has podido meterte aún en esto. Que cuando sales con un tipo... no te atrevas.

Kay sacudió la cabeza.

—No me gusta esta vida, Nancy. Te lo digo de verdad. No he nacido para vender mi cuerpo, pero te equivocas. Si te refieres a mi virginidad, la he perdido, por supuesto, si bien no creo que sepa jamás explotar mi cuerpo.

Nancy alargó la mano y oprimió los dedos jóvenes.

—Perdóname, Kay. No tengo otra forma de ganarme la vida. Una pensaba como tú hace años, pero cuando se dio cuenta estaba metida en el asunto... Si prefieres que nos vayamos de Dallas y nos dediquemos a otra cosa, quizás tú puedas conseguirlo. Yo no creo que pueda ya. Se me nota de dónde procedo. Pero tú con esa carita de niña ingenua...

—Has hablado de un plan para este fin de semana, Nancy.

—¡Olvídalo!

—¿De qué vamos a comer?

—Saldré yo esta noche. Me visto en un segundo.

—Y los secuaces de Jim te pescan y adiós independencia y lo que es peor, te darán una paliza.

Nancy se echó hacia atrás en el lecho y dejó ya su postura descarada y desenfadada.

—Temo que pueda ocurrir —murmuró ahogadamente—. Pero eso no sería lo peor. Lo peor sería que tú te quedarías sola y un día podrías encontrarte con cualquiera de los proxenetas que trabajan para Jim, y eres demasiado joven para caer en esa terrible hoguera en la cual caí yo hace años... Kay —su voz se hacía casi sibilante—, ¿qué te parece si nos fuéramos a Tulsa esta misma noche y nos olvidáramos de esos dos tipos que yo conocí y que nos invitaron para este fin de semana?

Kay pensó en Gary.

No podía irse de Dallas.

No se había atrevido a contarle a Nancy lo de Gary.

Temía que si Gary conocía a Nancy se diera cuenta de que ella era una chica fácil.

Y con Gary ella no había hecho más que charlar. Un gran chico parecía aquel Gary...

Un tipo fuerte, campanudo, con cara de niño grande...

Ella sabía distinguir poco a los hombres, pero en dos meses había aprendido lo suyo con Nancy. Por supuesto, si Nancy creía que seguía virgen, se equivocaba. Cuando una anda alrededor del fuego, se quema, y ella se quemó, como quemada estaba Nancy. Claro que las quemaduras de su amiga eran grandes y las suyas leves. Pero de todos modos, había comido alguna vez gracias a sus generosidades físicas.

Cerró los ojos y de súbito se tiró hacia atrás en la cama.

La voz de Nancy se oyó apagada.

—¿Quieres que huyamos las dos, Kay?

— No, Nancy. Pero olvídate ahora de ese fin de semana y de los dos hombres con los que estás citada. Yo no soy aún conocida en Dallas, así que saldré esta noche... Ganaré para las dos y mañana pensaremos lo que vamos a hacer.

Nancy se tiró del lecho otra vez y se levantó. Su pijama de flores parecía guardar un cuerpo cansado y frágil.

—Tú no sales sola —decidió—. O salimos las dos, o nos quedamos las dos.

2

Tío Ross estaba contemplando a su sobrino a través del humo que despedía su enorme pipa retorcida.

Gary parecía impacientarse.

Se paseaba por la salita mirando el reloj a hurtadillas.

Tío Ross se balanceaba en la hamaca y de vez en cuando sacudía la pipa en el borde de la chimenea y volvía a llenarla encendiéndola con un tizón que volvía a tirar al fuego.

—Se me antoja que pretendes salir esta noche, Gary.

El aludido giró sólo la cabeza.

Su corpachón fuerte y ancho se perdía en unos pantalones de pana marrón, una camisa a cuadros y encima una zamarra de piel vuelta que acababa de ponerse.

—Me llegaré al centro —dijo Gary con voz muy fuerte y bronca—. Volveré en tres horas.

—Para llegar a Dallas en tu auto de carreras necesitas menos de media hora. ¿En qué vas a emplear el resto en la noche de la ciudad? Mañana hay faena, ¿o no, Gary? Debes marcar ganado y seleccionar las reses para enviarlas al mercado.

—Te digo que en tres horas estoy de vuelta.

—¿Asunto de faldas?

—Más o menos.

—¡Vaya! Tú no eres tipo de aventuras.

Gary no se había abrochado la zamarra y separándola con las dos manos, se sentó de repente ante su tío.

—¿No te asas con el calor de la chimenea y esa zamarra?

—Me voy a ir a escape. Te digo que vendré pronto y que mañana seré el primero en estar ante mi gente dando órdenes.

Tío Ross se alzó de hombros sin dejar de apretar la pipa entre los dientes y sujetar la cazoleta con sus dedos rugosos.

—Eres el dueño de todo, Gary. Yo no soy nadie para meterme en tus cosas. Por tanto, puedes venir pronto o no venir, y mañana puedes mandar sola a tu gente, y tú dormir la mañana, pero ése no es el caso. El caso insólito es que tú no sueles tener aventuras. Y si las tienes, es un fin de semana. Pero hoy es un día cualquiera.

—Es verdad —aceptó Gary, un poco nervioso—. El otro día conocí a una chica.

—¡Vaya!

—Una chica, estupenda, joven y bonita...

—¿Es por eso por lo que llevas yendo a Dallas tantos días seguidos?

—Pues sí.

—¿Matrimonio a la vista, Gary? —preguntó el tío, beatífico.

—No, no creo. De momento la conozco. Ceno con ella y eso... Charlamos. Es una chica muy joven. A mí me da algo de miedo la juventud.

—Ni que fueras un viejo.

—Es que desde mis treinta años, una chica de veinte... es mucho, ¿no?

—Claro que no. Cuanto más joven sea una chica mejor descendencia tendrá. Para ti las mujeres siempre fueron aventuras pasajeras, Gary. Nunca te conocí novia... Hasta se me antoja que no tienes grandes experiencias...

Gary bajó la cabeza.

Tenía razón su tío. Hacía mucho calor.

Así que se despojó de la zamarra y la dejó en las rodillas.

—No te calentará el tórax —rió guasón tío Ross—, pero te asará las piernas.

Gary no tenía deseos de hablar del calor, sino de sí mismo. De Kay...

Tenía razón su tío. No estaba sobrado de experiencia.

Trabajaba en su hacienda desde que falleció su padre y le dejó al frente de aquello. Y desgraciadamente, le dejó muy pronto y con múltiples problemas encima.

Tío Ross hizo cuanto pudo para ayudarle; pero ya no era joven y a sus años lo mejor de todo para él era ver los toros desde la barrera.

No obstante, le ayudó mucho; por eso él le quería tanto.

Tío Ross fue en su juventud un aventurero. No se casó y vivió por el mundo hasta que harto de rodar y vivir aventuras facilonas, decidió ir a casa de su hermana, la cual ya no existía, y le recibió el sobrino porque el cuñado ya había muerto también.

Ross lo pensó mucho antes de quedarse, y de eso hacía ya quince años.

Pero el hecho de ver al muchacho de quince bregar por la hacienda y metido entre criados que parecían buitres alguno de ellos, decidió quedarse y se quedó.

Desde entonces, eran dos personas muy unidas, y Gary adoraba a su tío.

—Tío Ross, es verdad que no tengo mucha experiencia, pero creo que por primera vez me he enamorado.

—Tráetela aquí —dijo el tío, mordiendo la pipa—. Me gustará conocerla.

—Se lo pienso decir. ¿Qué te parece este fin de semana?

—Me parece de perlas.

Gary se levantó y procedió a ponerse la zamarra.

—Acuéstate. No me esperes levantado.

—¿Estás citado con ella?

—Sí. En una estación de Dallas.

—¿Qué hace?

—¿Hacer? —le miró desconcertado desde la puerta.

—Digo a qué se dedica.

—Ah —se alzó de hombros—. No sé, no se lo he preguntado.

—¿Tiene dinero?

—¿Dinero?

—Pareces tonto. Sí, sí, dinero. Familia, padres, hermanos, todo eso...

—No me lo ha dicho.

—Entonces, ¿de qué habláis?

Es verdad, pensó Gary. ¿De qué hablaban? El no era muy hablador, y Kay resultaba muy silenciosa. Pero estando junto a ella era feliz.

Comían, cenaban juntos.

Después se miraban...

—De cosas...

—¿Le has declarado tu cariño?

—No.

—No entiendo muy bien, Gary. ¿Es tu novia?

—No le dije nunca nada de eso.

—Pues que me zurzan si entiendo lo tuyo. No sabes nada de ella, de su vida, quiero decir, ignoras si tiene familia. Y la puedes ver a estas horas —miró el reloj—. Las diez. Entre que llegas al centro, son las diez y media. ¿Hasta qué hora estás con ella?

—Hasta la una o así.

—¿Solos?

—Claro.

—Una chica sola en Dallas con un tipo al que apenas conoce... ¿no es algo raro?

—¿Por qué? Las chicas hoy andan solas casi siempre y con un tío.

—Bueno, bueno —y sin transición, mirándolo de reojo—: Tú eres algo ingenuo, Gary. La falta de trato con mujeres... Ándate con cuidado. De todos modos, si me haces caso, la invitas a pasar aquí un fin de semana y de paso le dices que la invitación la haces extensiva a alguien de su familia o a sus amigos.

—Yo quiero tenerla sola.

—No lo dudo. Pero de ese modo sabrás si realmente tiene familia o si le dejan venirse sola a la granja de un desconocido.

—Te digo que la conozco. No le soy desconocido.

—No podemos comer, Kay —decía Nancy desde el fondo de su lecho—. Así que voy a salir y veré de conseguir algo. El último dinero que teníamos lo pagué ayer a la patrona.

—Yo no tengo hambre —mintió Kay—. Si tú la tienes, es mejor que te la aguantes.

—¿De veras no tienes hambre?

Claro que la tenía.

Pero esperaba que Nancy se durmiera para salir.

Nancy siempre hablaba cuanto quería y solía hablar bastante, pero al fin cuando se dormía, lo hacia de golpe y profundamente.

No es que ella pretendiera saciar su hambre y dejar a Nancy sin comer. Pero estaba citada con Gary.

Y Gary llegaba a aquella estación a las diez y media en punto.

No iba por la comida que Gary pudiera pagarle, pero sí iba porque le parecía un hombre bueno.

Tampoco porque estuviera enamorada de él.

Ni siquiera conocía su apellido.

De saberlo, ya tendría una idea aproximada de quién se trataba, porque en las cercanías de Dallas había granjeros muy poderosos.

Podía ser Gary uno de ellos.

Tal vez con Gary y con su cara de niño grande lograra ella salvar a Nancy de todo aquel peligro que la acechaba de continuo.

—Si tú no tienes hambre —decía Nancy deteniendo sus pensamientos—, no me moveré. Yo paso bien sin comer. Estoy habituada. Oye, Kay, ¿de veras no te agradaría pasar el fin de semana con esos dos tipos llamados Jones y Frank? Seguramente que entre las dos podríamos sacarles dinero suficiente para dejar este antro e irnos a Tulsa.

—No sueñes con quedarte tan cerca si un día decides irte —le aconsejó Kay—. Jim dará contigo.

—¿Es que voy a vivir el resto de mi existencia escapando de Jim?

—O volver con él.

—¿Y tú?

—Yo sí me iré, Nancy. El día que tú te decidas con el tuyo, me largo yo.

—¿Y vas a vivir en esta vida? Yo te digo que es muy dura. ¡Muy dura!

—Si puedo la evitaré —dijo Kay—. Pero tampoco se me haría muy cuesta arriba. No por gusto, pero... ¿Qué otra cosa puedo hacer ya?

—Dios mío, si tienes veinte años escasos.

—Viví demasiadas cosas horrendas. A mi madre sufriendo, a mi padrastro siempre al acecho para pescarme...

—¿Nunca le contaste a tu madre lo que se proponía tu padrastro?

—¡Oh, no! Hubiera sido matarla. Bastante sufría ella con sus borracheras...

—¿Nunca te conté yo mi vida, Kay?

—No.

—Pues un día lo haré. Y verás qué cosas bonitas me ocurrieron a mí.

—En este instante es mejor que duermas.

Nancy cerró los ojos suspirando.

—Nunca me habitué a esta vida —refunfuñó—. Pero cuando quise dar marcha atrás, estaba metida en ella hasta el cuello. Por eso prefiero que tú lo hagas con cautela y que si puedes la evites. Muchas veces pienso que tengo yo la culpa de todo lo que pueda ocurrirte en el futuro.

—¿Por qué, Nancy? Tú me hablaste claro. No me ocultaste nada aquella misma noche que me asiste de la mano y me llevaste a la fonda. No me ocultaste lo que eras ni a lo que le dedicabas. Luego, entonces, yo hice lo que quise hacer.

—Pero si en vez de encontrarte conmigo te hubieses encontrado con otra persona...

—¿Como Jim? ¿No te encontraste tú con Jim y pensaste que todo era maravilloso?

Nancy lanzó un gemido.

—Es mejor dormir —dijo.

Y ladeó el cuerpo en la cama.

Kay quedó en la suya fumando.

Por la respiración sabía cuándo Nancy se quedaba dormida.

No obstante, al rato oyó de nuevo la voz de Nancy:

—Mira, Kay, no vamos este fin de semana con esos dos. Al fin y al cabo, no sé cómo son. Te dije que eran fenomenales, pero no los conozco más que de tomar una copa con ellos y preguntarme si no tenía una compañera. No quiero que tú te perviertas, Kay.

—Ya pensaremos de aquí al fin de semana.

—Sí, es verdad —y al segundo—. ¿De veras no tienes hambre?

—Nada.

—Pues me dormiré.

Kay espió su respiración.

Apagó la luz y decidió aguardar.

Varias noches haciendo lo mismo. Solía traer algo para Nancy y al día siguiente le decía que se lo había robado a la patrona...

No sabía si Nancy la creía.

Pero el caso es que se alimentaba...

Ella le debía mucho a Nancy aunque no lo pareciera ni Nancy lo creyera.

3

Gary miró en todas direcciones buscando la delgada y juvenil silueta de Kay.

No andaba por el pub de la estación.

Así que salió de nuevo al exterior y miró a un lado y otro.

La conoció allí mismo pocas semanas antes. Fue un encuentro casual, claro.

Él no solía ir por allí jamás, pues sólo salía el fin de semana y tenía un burdel donde solía entretenerse. A una chica decente él no la había tratado jamás.

Es que se sabía tímido y no tenía valor para buscarse un ligue.

O se lo daban todo mascado o no sabía, por sí mismo, ligar a una chica en la calle o en una cafetería.

En cuanto a una discoteca, no había nada que hacer, porque al no saber bailar, ni siquiera se abocaba a ellas.

No le gustaba hacer el ridículo.

Y puesto que no sabía bailar, el mirar tan sólo le llenaba de vergüenza.

Con Kay la cosa fue distinta.

¡Su primer ligue personal!

Bueno, si se le podía llamar así.

Él entraba un día por allí porque buscaba a un cliente que debía cerrar con él un trato referente a venta de ganado. Le había citado en aquel lugar.

Y resulta que al entrar tropezó con alguien.

Miró.

Era una joven.

Ella le sonrió aturdida y él se disculpó con palabras torpes.

«Perdón...»

Ella acentuó su sonrisa.

«No tiene importancia.»

Debió quedar todo así, pero el caso es que no quedó.

Ni la chica se alejó ni él dio un paso para separarse de ella.

Y de repente un chico pasó junto a los dos. miró a Kay de modo equívoco y le dijo entre dientes:

«¿Te decides o no?».

Kay había mirado al intruso murmurando:

«No me decido».

«Como gustes», replicó el desconocido, y se fue pisando fuerte.

Él miró a la chica y le preguntó:

«¿Te molesta ese tipo?».

«No, no. Pero se empeña en que le acompañe.»

«¿Y tú no quieres?»

«No.»

«Pues no lo hagas —Y titubeante, añadió—: ¿Quieres tomar una copa conmigo?»

La chica dudó, pero después, al rato, dijo:

«Bueno.»

Y así empezó todo.

No tenía mucho de qué hablar, porque él con mujeres no se molestaba, ya que las únicas que conocía eran las que trabajaban en su granja y las que conocía en burdeles y entre ninguna de ellas tenía por qué hacer esfuerzos para darles conversación.

Tenía razón su tío.

«Eres un parvulito en cuestión de mujeres, Gary.»

Era la pura verdad.

Toda la culpa la tuvo la hacienda, la muerte de su padre y las responsabilidades que le quedaron.

En años no se movió de su enorme hacienda, que era un latifundio interminable y poderoso, salvo para tratar asuntos de negocios, comprar algo o vender su ganado o su centeno. La hacienda le había acaparado por entero, pero a sus treinta años se sentía más tímido aún que cuando tenía quince.

Porque a los quince, cuando aún vivía su padre —murió aquel mismo año de un infarto, es decir, de pura sorpresa—, él empezaba a hacer sus pinitos amoroso-sexuales por la cercanías.

Hasta tenía medio novia y se revolcaba con ella por campos de trigo recién segados.

La muerte de su padre le dejó anonadado y desconcertado, tanto que se olvidó de aquellas primeras experiencias y cuando quiso darse cuenta y fue a por la chica, ella se había ido con su marido, pues se había casado.

Total, que aquello le marcó aún más.

Luego llegó su tío y los dos hicieron frente al negocio de agricultura.

La cría de ganado se incrementó, y si bien nadaba en dinero, no sabía en qué gastarlo.

Y eso que su tío le instaba para que saliera y se buscara aventuras. Su tío, que debía de ser un aventurero de órdago a la grande, solía decirle: «Las mujeres y el trato con las mismas son las que dan experiencia a los hombres». Pues él, sobre ese particular, la tenía limitada.

En el pub hacía calor, así que se quitó la visera y la zamarra, las sujetó bajo el brazo y en mangas de camisa a cuadros, con sus pantalones de pana, se fue hacia una esquina del mostrador y desde allí fijó los ojos en la puerta. Esperaba que Kay no le faltara.

En los pocos días que la conocía no había faltado nunca, por lo tanto no tenía por qué faltarle aquella noche.

Pidió una cerveza y se puso a fumar su pipa.

Se puso a mirar aquí y allí. Había mucha gente, pero casi toda entraba y salía. Desde donde él se encontraba, oía los trenes salir o llegar y las voces de los micros llamando a los pasajeros o anunciando la llegada de un tren.

—Si algo malo puede pasarme —decía Nancy cuando ya Kay creía que iba a dormirse— es que Jim dé con mi paradero. ¿Sabes lo que pienso, Kay? Mañana buscaremos otro cuarto.

—Pero si has pagado la semana de éste...

—Perdemos el dinero. Ganarlo para mí es fácil si puedo moverme por la ciudad. Pero en mis carreras puede haber soplones y que se vayan corriendo a decírselo a Jim.

—¿Y si le denuncias?

—¿Estás loca? De hacerlo, la cadena que los proxenetas tienen formada me eliminaría antes de que pueda testificar. Y por otra parte, lo que diga yo sola de poco servirá. Para que la denuncia prosperara, tendría que tener más mujeres de mi parte.

—Yo puedo ayudarte.

—¿Tú? No digas tonterías. A ti te desconocen aún en ese campo. Y mejor que no te conozcan, te lo digo yo. Si ganas mucho dinero, dicen que sisas, y si lo das todo, te quedas más a expensas de ellos, y si te lo guardas, recibes la gran paliza. ¿Has visto los cardenales que tengo?

—Nancy, sabiendo eso, ¿por qué has intentado meterme a mi en tu lío?

—Lo sé, lo sé, Kay. Pero ahora estoy arrepentida. Yo pensé en aquel momento ponerte bajo mi protección, pero el hambre... La falta de todo... ¡Qué sé yo! El caso es que ahora estamos metidas las dos y que lo que intentaba aquella noche era salvarte a ti de algo que yo llevaba demasiado vivido y sufrido. Pero aún estás a tiempo.

Se le hacía tarde.

Así que vio las manecillas del reloj, luminosas en la oscuridad, marcando las diez y cuarto.

—Tengo sueño, Nancy —dijo para que la otra se durmiera.

—Bueno. Yo también.

—Buenas noches.

—¿Qué hora será?

—Tengo el reloj parado —mintió.

—Bueno, bueno. Yo ni siquiera lo tengo. Lo empeñé ayer.

—Para pagar a la casera, y pretendes dejar el cuarto.

—Si tuviéramos dinero nos íbamos a Chicago, por ejemplo, y nos pondríamos a trabajar y olvidaríamos todo este infierno.

—Ahora no pienso en imposibles. Duerme y calla.

—Sí, sí.

Aún pasó un buen rato antes de sentir a Nancy respirar profundamente.

Estaba dormida.

Kay, que no se había desvestido, se tiró del camastro y con los zapatos en la mano se dirigió a la puerta a tientas.

Abrió procurando no hacer ruido.

El rellano estaba muy oscuro y se oían siseos por algún lado.

Kay, de puntillas, aún con los zapatos en la mano, se deslizó pasillo abajo hasta alcanzar la escalera.

Olía a humedad, a suciedad. A ese olor característico humano no limpio. Pero ella estaba habituada a eso.

Tampoco su casa fue jamás un palacio.

Y su padrastro siempre apestaba a vino.

4

Al llegar a la calle sintió una bocanada de aire frío.

Se calzó y puso el zamarrón de gabardina forrada a cuadros, levantando el capuchón.

Después echó a correr.

Iba pegada a los soportales.

No es que la estación, lugar de su cita, estuviera lejos, pero sí lo suficiente para no poder alcanzarla en un cuarto de hora, y estaban siendo las once menos cuarto.

No sabía realmente por qué mantenía vivas aquellas citas.

No estaba enamorada de Gary.

¡Que tontería!

Ella jamás se había enamorado. Ni siquiera cuando era una adolescente. Claro que tampoco había salido aún de la adolescencia, al menos por los años, pero sabía demasiadas cosas de la vida y sus miserias...

Lo cual, en verdad, la hacía muy adulta.

El frío apretaba, pero con la carrera Kay sentía sofoco en la cara y como si la brisa helada le encendiera los pómulos.

Tenía el pelo rojizo y los ojos grises.

El pelo algo alborotado y sucio, pero yéndose a la cara en crenchas como algo crispadas.

Daría algo por alejar a Nancy de Dallas.

Ocultarla.

Que aquel tipo, que ella no conocía, pero que a través de Nancy sabía cómo era, no diera jamás con su chica.

No es que ella conociera demasiado aquel mundo lleno de podredumbre. Pero Nancy era lo bastante elocuente como para que a través de sus expresiones, ella supiera casi todo lo que tenía que saber.

De no haberla recogido Nancy aquella noche en el banco de la estación, pudiera ser que ella estuviera convertida en otra chica como Nancy.

Había muchos tipos como Jim por Dallas y cualquier ciudad del mundo.

No podía olvidarse lo ocurrido en Marsella, y después se descubrió que había una cadena poderosa que protegía a los proxenetas...

Lo que hacía falta eran chicas valientes como aquellas que denunciaron en Marsella...

Nancy sola no podría hacer gran cosa.

Tenía toda la razón.

La comerían viva, y antes de que pudiera testificar la habrían matado en cualquier esquina, aunque la policía la protegiera, suponiendo que la misma policía no estuviera involucrada en el negocio del sexo.

Divisó a lo lejos la estación y detuvo su carrera.

¿Qué buscaba en Gary?

¿Y por qué no podía ser aquel granjero un granuja encubierto bajo una sonrisa tímida?

Realmente, no buscaba amparo para sí.

Ella se dedicaría a otra cosa.

Ya sabía lo suficiente para escapar de aquel mundo de miseria.

Pero Nancy...

Nancy siempre estaría en peligro y sólo ocultándose. ¿Y por qué no podía Gary contratarla para algún trabajo?

Tenía cara de buena persona. Cierto que muchas caras engañan, pero había que probar, ¿no?

Si después resultaba que salía rana, tiempo habría de evitar el remojón.

Pero por intentar buscarle refugio a Nancy no se perdía nada, y sí, en cambio, se le podía ayudar a que aquel Jim no la encontrara en la vida.

Porque Nancy se lo había dicho más de una vez en aquellos dos meses.

«Kay, si pudiera, si tuviera oportunidad, en mi vida me acostaba más con un tío.»

Y le creía.

Nancy no era una viciosa.

Y pasaba del sexo con toda la facilidad del mundo.

Pero cuando uno está metido hasta el cuello e intervienen en ello terceras o quintas personas, ¿cómo evitarlo?

Se detuvo ante la ancha entrada del pub.

Vio el auto de carreras de Gary aparcado allí cerca, lo cual indicaba que estaría dentro del pub.

Era un auto raro. Muy caro y de una potencia estremecedora.

Kay pensó que aquel tipo tenía pasta, y mucha.

Y cuando un hombre tiene pasta, por muy tímido y corto que sea, tiene poder.

Aquel poder podía salvar a Nancy de las garras del sádico proxeneta.

Respiró fuerte, bajó la capucha que cubría su pelo alborotado y ajustó los pantalones vaqueros en un ademán mecánico.

Después alisó con las dos manos el cabello rojizo hasta casi alisarlo y pegarlo a la cara.

El hombre al que iba a ver podía ser lo que aparentaba o aparentar lo que no era, pero de cualquier forma que fuera, de momento ella lo tenía fichado para ayudar a Nancy a escapar del centro de la ciudad, y sobre todo, del hombre que sin duda la andaría buscando y que a no dudar tampoco, tendría sabuesos en todas partes.

Desabrochó el zamarrón y entró en el local.

Un vaho de calor le dio en la cara.

Había humo y olor a hamburguesas.

Se le dilataron las narices y tragó saliva.

Tenía hambre, claro.

Pero no iba allí a saciarla, sino para ayudar a su amiga y de paso llevarle algo de comer para el día siguiente.

En seguida vio a Gary sentado ante la barra fumando su retorcida pipa, con el zamarrón y la visera sujetos bajo el brazo y con una caña de cerveza delante.

Gary debió de verla también, porque se tiró de la banqueta donde estaba sentado.

Y le sonrió.

Tenía un rostro pecoso curtido y los cabellos espigosos algo levantados.

La mirada era verdosa y penetrante.

Kay pensaba que aquel tipo decía más con los ojos que con la boca.

Avanzó resuelta y Gary la esperaba de pie.

5

—Hola, Gary —saludó Kay con una tibia sonrisa.

Gary apretó su mano con las dos suyas, hasta el punto que casi se le escurrió la zamarra y la visera.

—Pensé que te habrías olvidado de la cita —comentó bajo—. Me estaba sintiendo apenado.

—¿Hace mucho que esperas?

—Tengo la mala costumbre de ser puntual —sonrió apenas.

Kay rescató su mano y pensó que sentía dolor ante sus experiencias vividas. No es que fuesen muchas, pero sí las suficientes para no considerarse pura.

Claro que ella no acudía a las citas con Gary por interés personal. En principio lo hizo porque podía ser un futuro cliente rico.

Después se dio cuenta de que Gary la trataba con respeto imaginándola sin duda una chica decente.

Motivo por el cual ella cambió de táctica. No porque buscase algo concreto para el futuro, sino por la comida y el poco esfuerzo que tenía que hacer para entretenerlo. De repente, no supo qué día, pensó en Nancy.

Tuvo miedo de que Gary la conociera y se diera cuenta de qué iba el asunto.

Más después se dijo que aquel hombre con cara de niño grande, pecosa y de verdes ojos profundos y que parecía un tipo noble, podía muy bien ayudar a Nancy.

Claro que todo aquello no lo había comentado aún con su compañera.

Podía ocurrir que ella estuviera preparando un camino para su amiga y que esta lo rechazara de cuajo cuando lo conociera.

No obstante, había que exponer su idea y pensaba hacerlo al día siguiente. Por supuesto que no pensaba ir el fin de semana con aquellos tipos ni que fuera Nancy.

En medio de toda la podredumbre de Nancy, en el fondo era una ingenua. Si andaba escapada para ganarse algún dinero desde hacía dos meses, aquellos tipos bien podían ser secuaces de Jim...

Y aunque no fuera así, de cualquier modo, había que aprovechar que Nancy intentara regenerarse.

Ella estaba a tiempo. Había hecho el amor, si de alguna forma se le podía llamar, pero ninguno de sus actos sexuales dejó huella en ella. No la marcó en sentido alguno y sí, en cambio, le indicó el camino a seguir. La prostitución no era lo suyo y quizás en el granjero encontrara ella la forma de salir del atolladero.

—Si tienes apetito podemos comer aquí mismo le invitó él aún sin sentarse—. Pasamos al comedor y pedimos lo que gustes.

—Si te parece a ti, y tú tienes apetito, sí que podemos pasar.

Lo hicieron uno junto al otro.

Gary era alto y fuerte.

No era elegante ni poseía atractivo alguno. Era más bien burdo y basto. Pero resultaba tremendamente acogedor.

Kay estaba harta de las ordinarieces de su padrastro y de la mala conducta y falta de consideración de sus clientes. Había tenido pocos, es cierto, pero los suficientes para estar harta de todos en un conjunto.

De modo que lo que empezó por lucro con Gary, se estaba convirtiendo en consideración y sana y buena amistad.

—Si quieres —le iba diciendo él con su vozarrón fuerte y ronco—, te invito a pasar el fin de semana en mi hacienda.

Kay se detuvo.

Le miró de frente con sus grises ojos muy claros en su cara algo pecosa y muy graciosilla.

Gary se ruborizó añadiendo con rapidez:

—No pienses que te estoy haciendo una sucia proposición.

Resultaba gracioso.

Que Gary dijera aquello le daba una clara dimensión de su humanidad.

—Puedes llevar a un familiar tuyo —añadió, aturdido ante su mirada glauca.

Y como Kay callaba aún, él añadió muy nervioso:

—La idea me la dio tío Ross.

—¿Tío Ross?

—Sí, sí. Ya te hablé de él. Hace quince años que vive conmigo. Me ayudó mucho, pero ahora ya no trabaja aunque me hace compañía. Le hablé de ti y él me dijo que te invitase y que llevases a alguno de tus parientes.

—Oh.

—¿No quieres? Es bonito el lugar. Mucho campo, una casa grande. Parques, montes y ganado... No es que resulte divertido para una joven de tu edad, pero... aquello tiene paz y sosiego y uno puede relajarse a gusto.

Y como Kay seguía mirándole desconcertada, él añadió aún:

—Bueno, si no quieres, piensa que no te he dicho nada.

Y en seguida, apurado:

—¿Te sientas?

Kay se sentó ante la mesa y dejó el zamarrón en otro junto con el de Gary.

—No tengo familia alguna, Gary —dijo.

Él la contempló en silencio.

—¿Nadie... nadie?

—Una amiga...

—Pues llévala.

—No sé si querrá.

—Mira, si quiere y las dos estáis de acuerdo, vengo a buscaros mañana. Dime dónde puedo encontraros. Si te parece, aquí mismo a la hora que tú digas.

Kay lo pensó unos segundos. De no aceptar Nancy, tendría tiempo de decírselo a Gary. Así que decidió inmediatamente:

—Tú ven a las seis y si mi amiga no acepta tu invitación vendré yo a decírtelo.

Por encima de la mesa, Gary le asió los dedos con su manaza morena y curtida, más bien delgada pese a su anchura física.

—Gracias, Kay. Me gustará que veas todo aquello. Me parece que nunca te dije cómo me apellido.

47

—Creo que no lo has hecho —murmuró, dejando los dedos aprisionados en la cálida mano de Gary.

—Me llamo Gary Boyd... Tengo una hacienda enorme. Carezco de familia, eso sí te lo he dicho ya. Sólo tengo a tío Ross y ya cumplió los setenta, aunque está muy bien conservado. Un tipo aventurero que vivía la vida a su manera y que cuando se sintió cansado corrió al lado de su hermana, que era mi madre, pero resultó que mi madre ya había muerto y también mi padre. En aquel entonces yo contaba quince años y tenía sobre mí la responsabilidad de mucha gente, y de una hacienda enorme. De modo que la llegada de tío Ross me resultó providencial.

Kay rescató su mano y la pasó maquinalmente por el pelo.

Pensaba que el tío Ross si era o había sido un aventurero, olería a una prostituta a distancia.

Ella no tenía miedo de ser olida, porque poco olor podía despedir, pero Nancy... Nancy tenía la prostitución fija en los rasgos de su cara, en cada modal de sus manos, en su pelo platinado...

No sabía si estaba haciendo bien o mal.

Pero sí que sabía una cosa.

Buscaba un refugio para Nancy.

Una vez colocada Nancy en aquella hacienda y protegida ante Jim, ella retornaría a la ciudad y buscaría trabajo. Tal vez Gary le ayudase con su influencia. Pero eso se lo pediría más tarde. De momento tenía que convencer a Nancy de que la acompañara a aquella granja.

—Me gustará verte en mi hacienda, Kay.

—¿Por qué eres así conmigo, Gary?

—Pide lo que gustes, Kay —la invitó.

Y le mostraba una de las cartas.

Kay pidió un plato caliente y después hamburguesas. Tenía toda la intención de hacerse con alguna y un panecillo cuando Gary diera media vuelta.

Al menos eso era lo que hacía todas las noches y al día siguiente se lo entregaba a Nancy diciéndole que se lo había hurtado a la casera en un descuido.

Estaba ya un poco harta de hamburguesas, pero es que era lo más fácil para meter en su bolso, sin que se destrozaran.

—Siempre pides lo mismo —dijo él, riendo.

Tenía una sonrisa agradable.

Se hacía familiar y acogedora.

Nunca sería un gran seductor, pensaba Kay, pero sí una persona excelente.

De eso ya no tenía la menor duda. Al principio pensó si sería un embustero hipócrita, pero a la sazón ya sabía que no. Que en el fondo era un infeliz.

Tal vez un tipo demasiado trabajado y preocupado y por esa razón resultaba hasta inocente. Se preguntaba si ella tendría derecho a aprovecharse de su ingenuidad, pero la vida le empujaba a ello.

—Me gusta esta comida —dijo.

—¿De verdad no tienes familia?

—Nadie.

—¿Y de qué vives?

Buscó en su mente una salida airosa.

No demasiado real ni complicada, para no tener que arrepentirse algún día.

Así que como pasaba una camarera al lado, dijo con rapidez:

—Hago turnos en una cafetería. Estoy en caja.

—Ah. ¿Y dónde vives?

—No demasiado lejos.

—Hoy te acompañaré hasta el portal, si me lo permites.

—¿Por qué te preocupas tanto por mí?

—Bueno, verás... Yo no tengo mucha facilidad de palabra. Ni amigas que no tengan que ver con mis negocios... Yo no vengo al centro si no es por algo concreto...

Igual era casto.

Pero, no, ¿cómo iba a serlo un tipo de su edad?

De repente se le ocurrió preguntar:

—¿Cuántos años tienes?

—Treinta.

—¿Y... soltero?

Él sonrió apenas mostrando dos hileras de blancos dientes que relucían en su cara morena y pecosa.

—No tuve demasiado tiempo para buscar esposa —y bajo, como si se avergonzara—: Si te digo la verdad, no... no...

Le vio apretar los labios.

Kay se inclinó sobre la mesa para verle mejor.

—Gary... Eres muy tímido, ¿verdad?

Él titubeó.

—Pues sí.

—Y quieres decirme que no tienes demasiada experiencia femenina.

—Poca, sí. Bueno, esa que adquieres en sitios... poco recomendables.

—¿Quieres decirme burdeles o algo parecido?

—Eso.

—Ya sé.

Y se quedó pensando si estaría obrando bien al engañarle.

Podía hablarle de sí misma. De su vida y de lo que había hecho de ella.

Pero no. ¿Para qué?

Un día, después de colocar a Nancy, ella desaparecería y Gary no volvería a verla o no la recordaría siquiera.

Así que se puso a comer y Gary la imitó.

En un descuido de Gary deslizó hacia su bolso hamburguesas y un panecillo envuelto en unas servilletas de papel, y respiró mejor.

Ella quería a Nancy.

Fuera Nancy como hubiera sido, y la condujera por el camino que la condujera, aquella noche la ayudó con toda su buena voluntad. No podía enseñarla a hacer otra cosa porque ella siempre había hecho lo mismo. Por tanto, Nancy fue una providencia en aquella noche y ella no podía olvidarlo.

—Te pareceré tonto, ¿verdad, Kay? —preguntó a media voz, como avergonzado.

—No, no, Gary. Es natural en un hombre que dispone de poco tiempo.

—Al conocerte a ti, fue la primera vez que contactaba con una chica decente.

Kay parpadeó.

Pero decidió seguir comiendo.

—Kay, ¿te gustaría seguir viéndote conmigo?

—Pues...

—Podríamos conocernos más, ¿no? —añadía sin que ella terminara su respuesta.

—Si mi amiga está de acuerdo, pasaremos el fin de semana a tu lado en tu hacienda, Gary.

—Gracias, gracias.

Y con un ardor desconocido en él, le asió la mano por encima de la mesa y se la oprimió, lo cual desconcertó a Kay.

6

No pensaba permitir que Gary llegara hasta su casa..

Se trataba de un barrio casi mísero y prefería que él ignorara ciertas cosas. Así que como la llevaba sentada a su lado en el auto de carreras, último modelo, al llegar a cierto lugar, antes de entrar en su barrio, pero próximo a él, le pidió que se detuviera, que allí estaba su casa.

Gary frenó el vehículo pegándose a la acera y al portal.

Se volvió un poco para mirarla.

Apenas si veían sus rostros dado que el farol callejero quedaba algo lejos.

—Kay... me gusta estar contigo. Lo sabes, ¿verdad?

Empezaba a notarlo.

Y prefería no notarlo.

Ella no estaba allí con Gary para solucionar su papeleta, sino la de su amiga. Y, por supuesto, ni por la mente se le pasaba que Gary la amase.

—Hasta mañana, Gary —dijo intentando saltar a la acera—. Vaya sola o con mi amiga, a las seis estaré en el pub de la estación.

—Aguarda.

Y su mano tímida la prendía por un hombro.

Kay quiso pensar que iba a decirle algo más, pero en realidad, lo que hizo Gary fue apretarla contra él y buscarle la boca.

Ella, sorprendida, no intentó escapar.

Pero tampoco se le ocurrió devolver aquel beso apasionado.

Nada tenía que ver aquel beso con la timidez de Gary.

Besando era otro tipo muy distinto.

Audaz, ardiente como una llama. Temblaba y se llenaba de fuego.

Kay se asustó un poco.

Conocía a los hombres lo bastante para saber cuándo un tipo la deseaba.

Y Gary la estaba deseando como un bárbaro.

Así que blandamente lo separó de sí.

—Perdona —dijo él—. Perdona.

Y apretaba la palma de la mano en la boca como si sintiera mucho pesar.

—Kay —decía a media voz, como si algo le atosigara dentro—, discúlpame. Me he tomado esa libertad... No sé qué pasó por mí... No quisiera que pensaras... Oh, Kay, perdóname.

La joven sintió una sensación de tremenda culpabilidad.

¿Qué estaba haciendo ella con aquel hombre?

Ella no era mujer de sentimientos. Todos se habían ido el día que entregó desapasionadamente su virginidad y aquel hombre estaba pensando que ella era intocable o que pecaba quien la tocase.

Podía darle la risa. Pero lo cierto es que no se la daba. Pero tampoco deseaba continuar la farsa y que él siguiera creyéndola una santa llena de pureza y virginidad.

Mas también pensaba que sería absurdo que ella empezara allí a contarle su vida.

¿A qué fin?

Lo mejor era poner coto a todo y una vez que colocase a Nancy o la ocultase de aquel endemoniado proxeneta, se evaporaría y enderezaría su vida o se prostituiría más, pero eso era cosa suya y punto.

Saltó del auto con cierta viveza, molesta consigo misma y con el cariz que estaba tomando el asunto de su amistad con el granjero.

—No te preocupes, Gary —dijo, sacudiendo la cabeza y ya de pie en la acera, algo apoyada en la portezuela del auto—. Lo que espero es que no se vuelva a repetir.

—Estás muy enfadada conmigo, Kay. Se nota que nunca te ha besado un chico.

Claro.

No es que notase eso, es que no había puesto nada de su parte para corresponder a Gary, y dada la falta de experiencia de Gary con una mujer decente, le estaba confundiendo.

Ella sabía algo de aquello.

Una mujer de la vida cobra por hacer el amor, por tanto pone de su parte lo que sabe y más.

Pero ella allí no estaba cobrando por hacer el amor.

Estaba ganando una batalla para su amiga y aún no sabía cómo enfocarla.

Lo demás carecía de importancia.

—Buenas noches, Gary. Mañana nos vemos a las seis.

—Aguarda.

Ya se iba y volvió la cabeza.

Gary seguía sentado ante el volante, nervioso y desasosegado.

—No pienses que quise abusar de ti, Kay.

¡Vaya!

La cosa tenía narices.

O era tonto, o en verdad que desconocía todo lo relacionado con la mujer, y como las que había tratado cobraban, lo lógico era que desconociera a una chica como ella que podía parecer decente y era todo lo contrario.

—Dejemos eso, Gary —murmuró con desgana.

—¿Ya no eres mi amiga?

—Pero, hombre...

—Mira, Kay, yo... Bueno, es que yo...

Kay no sabía por dónde le iba a salir Gary. Lo veía atosigado ante el volante y con éste asido fuertemente en las manos.

—No soportaría la idea de que dejaras de ser mi amiga —le oyó decir.

Kay elevó una ceja.

Por lo visto la cosa se ponía mal para ella.

Los sentimientos aparte, y si a Gary se le ocurría enamorarse de ella, la batalla estaba perdida, porque ella no quería dañar a Gary en ningún sentido.

Ni que viviera engañado.

Y, claro, si decía lo que era ella, tendría que añadir lo que fue y era aún Nancy.

Y prefería que lo ignorara todo sobre aquel particular.

A un cínico aprovechado se le pueden decir ciertas cosas. A un tipo honesto y cabal como Gary no se le podían decir verdades que dañasen tanto.

Hasta la fecha ella no sintió remordimiento alguno, pero, de súbito, se estaba preguntando si tenía derecho a engañar a un tipo como aquél.

—Soy tu amiga, Gary —dijo muy presurosa—. ¿Quieres que olvidemos lo ocurrido?

—Pero es que yo voy a pensar en ello con ansiedad.

—Pues doblégate.

—Kay...

—Buenas noches, Gary.

Y se alejó a paso ligero portal arriba. Cuando oyó el auto arrancar, se deslizó del recodo donde estaba metida y sujetando el bolso contra sí se fue algo vacilante.

No tenía una sensación buena de sí misma.

De repente se veía metida como en un lío muy gordo.

Tendría que comentarlo con Nancy al día siguiente, y Nancy la llamaría loca o quizás le aconsejara que lo pescara para sí.

¡Tonterías!

Ni era su tipo, ni estaba dispuesta a contarle su vida.

Ella no era una sentimental. Gradualmente, fue dejando el sentimentalismo a medida que crecía, y cuando se prostituyó en Dallas, el poco sentimentalismo que quedaba se había esfumado.

Por tanto lo mejor era olvidarse del asunto, sacar de él el provecho que buscaba y después adiós muy buenas.

Contra lo que Nancy tenía por costumbre, aquella noche, cerca de la una, cuando Kay entró sigilosamente, se hallaba sentada en el catre y con los pies desnudos apoyados en el suelo. Con la luz encendida y los ojos negros fijos en la puerta.

—Nancy —exclamó Kay al ver a su amiga.

Nancy tenía una mueca crispada en la cara.

—Kay, pensé que el vicio no te había cegado. De modo que mientras yo dormía...

Kay no le dejó concluir.

—Déjame que me quite el zamarrón y te cuente, Nancy. No es lo que tú supones.

La voz de Nancy era apagada y censura.

—Nunca me arrepentiré bastante de haberte conducido por mi camino. Lo siento, Kay. Pero pensé que en ti era rutinario y sin ningún vicio censor...

—Te digo que te equivocas.

Acto seguido se despojó del zamarrón y se sentó en el borde del lecho enfrente de su desalentada amiga.

—¿Nunca te hablé de mi vida, Kay?

—Sí, sí.

—Pues no. Te diría que al fallecer mi padre me largué de Houston...

—No sé siquiera de dónde procedes.

—Es sucio lo mío, Kay. Muy sucio.

—¿Quieres callarte?

—No quiero. Pienso que contándote mi vida, te retirarás de la tuya. Y no sabes cuánto me duele que haya sido yo quien te empujara. No me di cuenta, ¿sabes, Kay? Yo pensé aquella noche que no te manejaría un proxeneta, pero sólo eso. Pude haberte librado de caer en el mal, pero no pensé eso.

—Te digo que te calles. Pienso que tienes un hambre negra y deliras. Mira.

Y abrió el bolso sacando la servilleta de papel, dentro de la cual asomaban las hamburguesas y el panecillo.

—¿Y quieres decirme que... no te has acostado?

—No, no, Nancy. Te puedo jurar que hace bastante tiempo que no lo hago. Y si he de serte sincera, no me gusta hacerlo. No tengo ese vicio. No sirvo para prostituta. No me llama el sexo. Así pues, no te inquietes por mí y déjame explicarte lo que está pasando.

Nancy no miró siquiera las hamburguesas y el panecillo.

Se tiró hacia atrás y con desgana arrastró las dos manos por la cara.

—Yo te enseñé a hacer lo que sabía, Kay —decía en voz baja y dolida—. Me doy cuenta de que me equivoqué y lo siento.

—¿No te estoy diciendo que no he hecho lo que supones? Mira, Nancy, déjame que te cuente. Estoy haciendo algo, es cierto, pero no se parece en nada a lo que tú piensas. Te lo contaré todo. Y además has de saber que lo que yo intento es evitar que Jim te ponga los ojos encima, y la única forma de evitarlo es haciendo lo que estoy haciendo.

Nancy se sentó de golpe en la cama.

—Kay, ¿qué quieres decir?

—He conocido a un hombre.

—¿Uno más?

—Nancy, ¿no te digo que esto no es prostitución, que el hombre ni siquiera sabe que yo soy lo que soy?

—Pero...

—Verás, te lo voy a contar todo. Hace una semana...

—¿Cómo? ¿Una semana y yo sin enterarme?

—Esperaba que te durmieras para salir y nunca le hurté el desayuno a la casera. Lo traía yo. Pero te juro, y sé que me vas a creer, que no lo gané acostándome.

—Bueno, cuenta. Me parece que tienes una historia poco verosímil que contar.

—Eso sí es cierto. Hombres como ése no sé si quedarán muchos. No me ha conocido. Es decir, no me vio por dentro.

—Entonces es tonto —y pensativa, añadió—: Aunque tratándose de ti, que estás empezando como quien dice, aún no tienes la marca de esa raíz tan odiosa.

—Será por eso y porque el hombre en sí carece de experiencia.

—¿Me estás hablando de un imberbe?

—Todo lo contrario, Nancy, te estoy hablando de un hombre de treinta años.

Nancy dio un salto en el borde de la cama.

—¿Cómo? ¿Qué dices? ¿Pretendes que te crea?

—Es que no tienes más remedio. Verás...

Y con voz suave, cálida, sincera, empezó a contárselo todo sin omitir detalle, ni siquiera el beso ardiente que le había dado aquella noche.

Nancy la miraba como alucinada.

—Eso es increíble.

—Pero tú te lo crees, ¿verdad?

—Sí, si tú lo cuentas con tanta sinceridad y convicción, lo creo. Pero no pensarás que yo... voy a someterme a su examen visual.

—Lo hago todo por eso. Debes buscar un empleo, un escondrijo, y se me antoja que el tío tiene dinero y poder, y si logro meterte en su casa, Jim no te hallará jamás.

Nancy miró al frente. Estaba meditando.

7

—Kay, estoy pensando que por mí te estás metiendo en un lío. El hombre puede ser inexperto, y sin duda lo es, pero a mí no se me ve el plumero. Y además me estás hablando de un tío suyo trotamundos que en sus tiempos fue un aventurero, lo cual significa que ése sí me «verá».

—No te verá, porque tu imagen mañana ofrecerá el reverso, Nancy.

—¿Cómo dices?

—Tú eres morena, tienes los ojos negros, ahora estás platinada y tu aspecto es totalmente sexy. Bien, mañana empeñaré mi reloj y con lo que saque nos iremos a la peluquería y tú volverás a tu color de pelo normal. Te vestirás un traje discreto y una vez cambiada tu imagen te irás conmigo a pasar el fin de semana a esa hacienda.

—Y después, querida mía, ¿cuántas novelas harás sobre este asunto con tu desbocada imaginación? ¿Acaso crees que a la carne se la puede confundir con pescado?

—Nancy —Kay se puso muy seria—, ¿tú quieres seguir en esta vida o tirarla a un lado para siempre?

—La quiero tirar, pero más por ti que por mí. Yo soy un mecanismo y no quiero que tú llegues a ser igual, y se me antoja que ya estás fuera de todo sentimentalismo cuando tratas este asunto sin una gota de rigor sentimental.

—O trabajo con el cerebro o somos mujeres de pecado el resto de nuestras vidas, y a mí el panorama no me gusta en absoluto.

—Pero, ¿te has parado a reflexionar que estás jugando con los sentimientos de un hombre que según parece es honrado?

—No te entiendo.

—Pues mira, es muy fácil. Si es fácil para mí, que lo estoy sabiendo todo a través de lo que tú me cuentas, qué sabrá el que lo está viviendo en su carne.

—Sigo sin entenderte.

—Que ese tipo te ama.

Kay se creció.

—Toma las hamburguesas —dijo apresurada—. Cómetelas.

—¿De qué tema quieres apartar mi mente?

—Gary no me ama. Le gusto. Pero se le pasará.

—Puede, pero él de momento te ama y no sabe qué cosa has hecho tú.

—Tampoco tengo por qué decirla, porque ni me ha preguntado ni yo tengo por qué poner mi vida en bandeja de plata. Yo acepté la amistad que me brindaba sin pensar en nada. Después empecé a pensar que si te veía a ti conmigo, se daría cuenta. Más tarde empecé a reflexionar sobre la forma de buscarte un escondite. Y pensé que él me lo daría. Y me lo ha dado.

—Te ha invitado con una amiga, que es distinto.

—Pero una vez allí, yo le pediré un empleo para ti. Le diré que estás desempleada y que te gusta el campo.

—¿Y tú?

—A mí nadie o casi nadie mc conoce, de modo que me buscaré un trabajo digno.

—¿Y piensas que te voy a dejar regresar sola?

—Tendrás que hacerlo. Nancy, quiero que sepas una cosa. Yo sé más de la vida de lo que tú supones. Tengo la suerte de dar imagen de niña ingenua e inocente, pero he visto demasiadas suciedades en mi entorno para dejarme llevar por romanticismos. La vida es dura y yo lo sé perfectamente. También sé que trabajando por mi cuenta en la prostitución, podría hacer dinero y montarme un número a nivel de rica. Pero no me gusta, ¿entiendes eso? No me gusta el sexo. No doy un centavo por él. Jamás hombre alguno me hizo sentir placer ni quiero pensar que existe.

—Es que en nuestro plan no existe, Kay.

—Por eso mismo. Y también puedo correr el riesgo de enamorarme de un tipo de los que trate, a lo cual me niego rotundamente.

—¿Es que no crees en el amor?

Kay la miró burlona.

—¿Es que crees tú?

Nancy arrugó el ceño.

—Es lamentable a mis veintiocho años que desconozca lo que eso significa, Kay, pero la realidad cruda y descarnada es que es así. Y si he de serte sincera, lo prefiero, pues de ese modo el sexo para mí es un accesorio que sirvió en mi vida para mantenerme, pero no para hacerme feliz. Tampoco, y esto es triste reconocerlo, he sentido amor entorno a mí. Posesión, goces ajenos y el mecanismo que era mi cuerpo haciendo su función... —dio un mordisco a la hamburguesa—. Cuando una mira hacia atrás y ve ese panorama desolador, siente como una punzada de íntima rebeldía, pero no tiene remedio, y o te rascas el pinchazo, o te mandas a ti misma a la mierda. No me gustaría que tú con veinte años llegaras a tales conclusiones.

—Pero Jim fue para ti algo más que un tipo posesivo.

Nancy meneó la cabeza sin dejar de masticar. Tragó y comentó:

—Fue como un ramalazo. Cuando empezaba a pensar que mi vida era una suerte, me topé con el batacazo y sentí odio hacia Jim y cuanto con él se relacionaba. Esto quiere decirte que no me dio tiempo a saborear las mieles de un sentimiento puro.

Kay meneó la cabeza con firmeza.

—No quiero llegar en la vida a esas conclusiones, ni a los veinticinco años ni a los ochenta. Un tropiezo lo puede tener cualquiera. Pero no estoy de acuerdo en caer, levantarse y volver a caer de nuevo. De modo que buscaré un medio de vida más independiente.

—¿Sola?

—Eso pretendo.

—O sea, que lo único que te preocupa a ti de momento es ocultarme a mí.

Kay afirmó por tres veces dando cabezaditas.

—Kay, eres una chica estupenda, pero yo no voy a dejarte sola. Eso sí, mañana acepto ir a la peluquería y cambiar mi color de pelo, vestir mi traje más sencillo y quitarme de encima este sabor sofisticado que va gritando por ahí lo que soy. No sé, sin embargo, si una vez en casa de tu amigo podré dejarte en buen lugar. Si él sólo se ejercitó en burdeles, conocerá muy bien el género, pero aun así yo probaré a superar mi basto modo de ser.

—¿A qué edad te perdiste, Nancy? —preguntó de súbito Kay.

Nancy de súbito dejó de comer la hamburguesa.

Con papel y todo la puso en la mesilla de noche y juntó las rodillas, de modo que al apoyar los codos en ella, su cara se metió entre las dos manos abiertas y entornó los párpados.

—Yo tenía a mi padre, como te dije —empezó con voz que sonaba muy lejana—. Vivía con él, pero estaba enfermo y debía cuidarlo, así que como no ganaba dinero, metimos un huésped mayorcito. No sé los años que tendría —hizo una pausa que Kay no interrumpió—. ¿Treinta? ¿Cuarenta? No sé. Era representante de comercio y viajaba. Pero siempre tenía la alcoba alquilada y pagaba bien. Papá sufría una parálisis progresiva y yo le tenía sentado en un sillón, de modo que le cuidaba y no podía hacer otra cosa... Tampoco papá podía caminar. Con la jubilación de papá por larga enfermedad y lo que nos pagaba el inquilino, vivíamos bastante bien.

Guardó silencio.

Kay se inclinó hacia adelante con ansiedad.

—Nancy, ¿qué edad tenías?

La voz de Nancy sonó como si llegara de muy lejos y además cavernosa.

—Quince.

—¡Dios!

—Sí, Dios. Pero Dios no siempre se acuerda de sus criaturas en trances semejantes... O si se acuerda es para tentar tu voluntad, pero cuando hay hambre de por medio, enfermedades y debilidades juveniles sin formar, más valía que no tentara a nadie.

—Continúa, Nancy.

—¿No lo piensas ya? ¿No lo sabes? El huésped empezó a buscarme. Yo era una joven espigada, bonita, decían. Madura para mi edad. ¡Cualquiera no es maduro con el problema familiar, paternal y humano que tenía yo encima! En fin, el tipo empezó a tocarme un poco hoy y otro mañana y cuando me di cuenta yo estaba metida en el juego. Un juego erótico sucio, lo sé, pero a esa edad lo que te gusta, te gusta, y en paz. A mí me gustaban ciertas caricias y me ponía al rojo vivo y cuando quise darme cuenta, el inquilino hacía conmigo lo que quería. Me fui habituando. Yo no entendía nada ni sabía nada. Papá se pasaba, a veces, la noche gimiendo de dolor. Yo sin dormir frotándole las piernas. ¡Qué sé yo! Un día pensé que lo que hacía era sucio y me negué. Entonces el huésped dijo que se iría y que procuraría que no entrara otro en mi casa. Total, que seguí el juego.

—Pero sabiendo ya que no te gustaba tanto.

—Debo ser sincera, Kay, no sé si me gustaba o no, pero estaba metida en él. Y no lo rechazaba. Ante el hambre, el dolor de papá y mi soledad, comprenderás que no iba a meterme en detalles de delicadeza. Tampoco mi cultura humana era suficiente para que yo supiera discernir el bien del mal. Yo comía y el tipo me daba propinas y me regalaba zapatos y cosas así. En fin, el juego continuó hasta que un día apareció una señora madura preguntando si estaba allí hospedado su marido. ¡Vaya plancha y vaya desilusión o lo que quieras llamarle! Le dije que sí y ella podía verlo. Y como no estaba, añadió que le esperaba en su cuarto. Yo no le dije nada al huésped cuando llegó, y sí oí la tremenda bronca que tenían entre los dos. Total, que el huésped se fue y yo pasé hambre y a escondidas de papá salía ganar algo de la forma que sabía, que era aquélla. Así empecé a odiarlo todo. Creo que si papá hubiera muerto en aquel entonces, yo aún me habría salvado, pero tardó más de dos años en morir y si bien lo sentí, a su larga enfermedad debo yo todo esto.

—¿Has vuelto a ver al huésped?

—No, claro. Ni me interesó. Él me adiestró en una vida que luego gané por mí misma y sin empujarme. Debo ser honesta para decir la pura verdad. Me parecía ganarla con suma facilidad y así rodé y rodé. Cuando papá falleció y una vez enterrado junto a mi madre, o por lo menos en el mismo cementerio, yo tomé el primer tren y mi vida después ya la conoces. Pensé que mi encuentro con Jim sería como la providencia, pero si envilecida estaba entonces, mucho más después. Pensé también que al toparme con Jim, todo cambiaría. Era un chico que parecía fino y delicado, y me trataba con suma consideración, hasta que un día además de utilizarme él, vi que me prestaba a sus amigos y que cobraba por mí. Lo demás creo que lo sabes ya.

Kay recogió el bocadillo de encima de la mesa y se lo dio.

—Come, Nancy.

—Si supiera que recordando todo eso tengo ganas de vomitar.

—Lo comprendo. Pero sin comer no se vive. Mañana haremos eso y te olvidarás de todo el pasado.

—¿Estás segura?

Claro que no.

Pero por intentarlo no iba a quedar.

—Te ruego que comas.

—Kay, si yo te perdí, ¿de qué me estás agradecida?

—De tu amistad. Es algo que no se puede valorar porque ofrece demasiadas posibilidades para el futuro. Tú me diste lo que tenías. ¿Por qué iba a ser distinto?

—Pero te guié por un camino equivocado.

—No hagas caso. Aunque negativo, dada su experiencia, resulta positivo. Una cosa he descubierto. No me gusta la prostitución. Prefiero ganarlo de otro modo.

—¿Y piensas que ese descubrimiento me lo debes a mí?

—Sin duda sí. Ahora vamos a dormir. Nancy, y mañana procederemos.

—¿De qué modo?

—Ya te lo he dicho.

—¿Y qué le dirás tú a ese hombre que te ama?

Kay se agitó.

La miró como alucinada.

—Amarme... ¿De dónde sacas tú eso?

—Mira, Kay, tú crees tener mucha experiencia porque te has acostado con unos cuantos, pero yo tengo mucha más por mis comienzos y por todo el trasiego de mi vida que llevé en estos años. ¡Y son demasiados años! Me has retratado a un tipo honesto que conoce sólo a las mujeres de burdel, y yo sé muy bien cómo se comportan esas mujeres. De modo que ese Gary ama la pureza y tú no eres pura, Kay, y encima lo estás utilizando en bien mío.

—Se le pasará, Nancy. Es un entusiasmo que le dará a él experiencia distinta a través de una amargura. Las amarguras son necesarias para valorar las positivas. Déjame a mí.

—¿Y qué harás si consigues colocarme a mí en su granja?

—Ya lo veremos. Prostituirme no, y sabré cómo huir de los tipos proxenetas.

—No te llames a engaño. Casi todos aparecen primero revestidos con dulzura y delicadeza, y debajo de todo ese ropaje hay un buitre.

—A tu lado aprendí también a diferenciarlos. Por favor, ahora acuéstate y duerme. Es muy tarde.

8

Nadie diría al ver a Nancy salir de la peluquería a las cuatro de la tarde que era la prostituta manejada por Jim, el proxeneta.

El cambio había sido tan radical, que resultaba irreconocible y ni la misma Kay, dentro de sus pantalones tejanos ajustados, su camisa a rayas y su pelliza, podía reconocerla si no hubiera estado viendo minuto a minuto su transformación.

Pero allí estaba Nancy.

Frágil, esbelta y delicada, con su vestido sencillo y su abrigo de piel barata, eso sí, pero piel barata la lleva mucha gente sin que por ello sea prostituta.

Cuando ambas se vieron en la calle, Nancy respiró a pleno pulmón, y Kay en voz baja susurró:

—Nancy, ahora no te reconocería ni Jim.

—Es que él sí me conocería.

Kay dio casi un salto.

—¿Qué dices?

—Kay, en medio de tu madurez, sigues siendo ingenua. Como me ves ahora era yo cuando aparecí en Dallas y me senté en el banco de una estación sin saber adónde ir. Lloraba aún a mi padre y toda mi mezquina perdición y aún pensaba que podría recuperarme y ser lo que era a los catorce años. Una niña con los ojos cerrados a la miseria humana. De modo que cuando sentí la tibieza de la mano de Jim en mis dedos, pensé que todo volvería a empezar, pero de distinto modo. Y, sin embargo, a los pocos días empezó a cambiar mi figura, mi pelo y mis vestidos.

Kay caminaba a su lado.

Dolida, amargada.

Viéndose a sí misma pero algo más protegida que en su día lo estuvo Nancy.

—Así que —seguía diciendo su amiga— sin darme cuenta me convertí en lo que fui después... No sé cuándo Kay, ni en qué instante, mi filosofía cambió por completo, pero sí te aseguro que corro más peligro hoy que corrí siendo rubia platino.

Kay la asió del brazo.

—Vamos, vamos. Gary nos estará esperando en la estación.

—¿Y... —preguntó Nancy desalentada— volveremos al cuarto aquel?

La voz de Kay fue ronca y dura.

—No.

—¿Pretendes colocarme a mí en casa de tu amigo y lanzarte tú a una vida como fue la mía?

Caminaban una al lado de la otra.

No se miraban, pero sí que en voz baja se hablaban entre sí.

—No se trata de eso, Nancy. Yo pretendo protegerte y después yo haré lo que me acomode, pero siempre dentro de unos límites que son liberales y míos.

—¿Y el sentimiento?

—¿Qué sentimiento?

Nancy la miró atisbándola.

—Los de Gary.

—Son cosas tuyas. Se le pasarán si existen.

—¿Y si son firmes?

Kay se detuvo.

No lejos se veía la estación.

No divisaba el auto de Gary.

Pero sospechaba que estaría en cualquier aparcamiento próximo.

—¿Firmes? —susurró más que dijo.

Nancy suspiró.

—Es que tú no conoces bien al ser humano.

—¿Qué debo conocer de él?

—Todos tienen su parte negativa y positiva... Suponte que ese Gary amigo tuyo la tenga toda positiva.

—¿Y qué quieres que haga con ella suponiendo que sea así?

—Quedarte.

Kay aún la miró con mayor fijeza, como si de repente la desconociera.

Pero es que en aquel sentido también se desconocía a sí misma.

—¿Quedarme dónde, Nancy?

—En esa hacienda donde pretendes encerrarme a mí.

Kay se estremeció a su pesar.

¿Mintiendo?

¿Ocultando la realidad?

Ella no era una chica pura, y sí, en cambio, Gary era un hombre noble y puro.

¿Qué podía hacer ella con él?

¿Entregarle unos sentimientos que no existían?

Recordó, sin querer, sus labios ardientes hurgando en su boca.

El fuego transmitido.

Ansiedad inconfesable.

¿O sólo confusa?

Ella sintió fuego en los labios de algún hombre.

Pero nunca pureza.

Ni ternura.

Ni nada.

No fueron jamás mensajes apasionantes o emotivos.

Pasiones, deseos.

Físicos todos. Transmitidos por el sexo.

Lo de Gary, no.

Y era lo que no quería admitir.

Que fuese puro aquello.

Y, casi sin darse cuenta, lo veía así.

Puro y cálido.

Sacudió la cabeza.

Cálido, no.

Ni puro.

Era un deseo.

Mejor o peor, pero como todos los demás.

Empujado por el sexo.

Eso era lo que ella había vivido.

Lo demás era pura falacia.

Mentira, absurdo.

—Kay... no quieres pensar un poco. ¿Por qué tienes que pensar sólo en mí? ¿Es que al salvarme a mí no piensas en salvarte a ti misma?

No, claro que no.

Ella no estaba aún pervertida.

Perdida, sí.

Pero había mil formas de recuperarse, si bien, apresarse por un sentimiento, no.

Sería amargo...

Más que nada, decirle a un hombre como Gary qué ella sabía demasiadas cosas de la vida y de los hombres...

—Mira —dijo de súbito, muy apresurada, por temor a centrar la mente en sí misma y su futuro—, Gary tiene el auto aparcado ahí.

Nancy se detuvo.

La miró.

Cara a cara...

Estaba allí. Tenso.

Nervioso.

Sintiendo en sí una inquietud rara.

¿Llegaría o no?

Llevó el vaso de cerveza a los labios.

Pasaba de las seis, la hora convenida.

¿Faltaría?

Le ardía algo dentro.

Muy dentro.

Una ansiedad incontrolada.

Una novedad.

«No te apasiones, sobrino.»

No, no quería oír la voz razonadora de su tío Ross.

¡Qué sabía él!

¿O sabría demasiado?

Sacudía la cabeza.

La cerveza estaba caliente.

O tal vez menos fría de lo que él deseaba.

Miraba las manecillas del reloj impaciente.

Tardaban en llegar Kay y su amiga.

Era viernes y las seis de la tarde.

Había dejado todo el trabajo listo y dispuesto para continuarlo el lunes.

El sábado y el domingo le pertenecían.

Le diría a Kay...

Le diría... ¿qué le diría?

No sabía aún.

Pero sí lo que sentía.

Amor...

¿No era amor aquello que le ardía en el pecho y no era excitación sexual y sentimental la que lo enervaba?

Volvía a sacudir la cabeza.

Hacía frío fuera, y allí dentro, pese a tener la pelliza apretada bajo el brazo, sentía calor.

Tal vez fuese el calor de dentro.

La ansiedad, el miedo...

Evocaba los labios de Kay, apretados.

Los de las chicas del burdel se abrían.

Dejaban la lengua aparecer.

Causaban excitación y placer.

Pero con Kay todo era distinto.

Nacía dentro.

Muy dentro.

¿Qué era?

Amor, pasión, deseo, ansiedad, complacencia, paz... ¿o no?

Respiró a pleno pulmón y de súbito sus ojos verdes, fijos en la puerta, las vieron entrar.

No miró a la amiga. ¿Para qué?

Era amiga de Kay y suficiente.

Pero sí la miró a ella.

Anhelante.

Enervado, excitado.

¿La quería tanto?

La quería.

Se enderezó.

Dejó el zamarrón sobre la banqueta.

Avanzó apresurado.

Notaba que ellas le buscaban con la mirada y no le encontraban.

Así que llamó a la joven.

—¡Kay!

Observó que la muchacha giraba en redondo.

Su pelo rojizo, sus ojos grises, su vestimenta masculina, haciéndola, si cabe, más femenina.

Y se encontró con los ojos glaucos.

¿Temerosos?

¿Avispados, o sólo inquietos?

—Estoy aquí, Kay.

La vio avanzar junto a su amiga.

Y le salió al encuentro.

—Kay... te llevo esperando un rato.

Ella le sonreía.

Y decía bajo, amable:

—Ya estamos aquí, Gary...

9

Nancy tenía demasiada experiencia para no percatarse de ciertas cosas.

Cuando Kay les presentó, observó que aquel hombre llamado Gary Boyd, fuerte, sencillo, con expresión de niño grande, pecoso y exento de elegancia, pero lleno de fortaleza, apenas sí la miraba, aunque se mostró cortés y amable, sus ojos verdes miraban a Kay con ansiedad.

Arrugado el ceño porque sabiendo lo que se proponía Kay y lo que ambas habían sido y eran aún, le dolía que Kay no supiera qué tipo de hombre tenía delante.

Por otra parte, era evidente que Gary amaba a Kay y que hubiera recibido complacido una legión de amigas si Kay se las llevaba.

Tan embebido lo vio mirando a Kay que ni cuenta se daba, apreciaba Nancy, que los tres salían del local hacia el auto de carreras.

Y del mismo modo inconsciente, o como ido, como si se hallara en otro mundo y aquel mundo fuera maravilloso, abría el vehículo e invitaba a las jóvenes a subir.

—¿No traéis equipaje? —preguntó sin separarse aún de la portezuela—. Tened en cuenta que no volveréis a Dallas en todo el fin de semana, y eso si deseáis volver. Porque si os apetece pasar una temporada en el campo, yo estaré encantado de teneros allí.

—No te preocupes, Gary —oyó Nancy distraída cómo respondía Kay—; de gustarnos tu casa y quedarnos, yo misma volvería a la ciudad a buscar ropa. Lo necesario para un fin de semana ya lo lleva Nancy en su bolsa de viaje.

Gary asintió y lo vio Nancy girar en torno al auto y perderse dentro del vehículo ante el volante.

Ella entrecerró los ojos y echó la cabeza hacia atrás recostándola en el muelle asiento.

Le parecía que había estado bajo los aullidos de una tormenta días enteros y que de repente, en un minuto, aquélla amainaba y la ponían a buen recaudo, a cubierto de la lluvia y en un lugar sumamente confortable.

Escuchaba la voz de Gary ronca y breve. Y la de Kay, respondiendo armoniosa y sencilla.

Ella iba sentada en la parte trasera del vehículo y podía ver las cabezas de los dos.

La de Kay, rojiza y joven; la de él, también con el cabello espigoso, el cuello fuerte y salpicado de pecas. El clásico americano fuerte y arrogante, pero sin soberbia.

Ella había conocido lo suficiente a los hombres para saber que el que tenía delante era un tipo honesto y honrado como para considerar a sus semejantes cortados por el mismo patrón.

—¿Tu amiga tampoco tiene familia? —le iba preguntando Gary lanzando furtivas miradas hacia ella.

—No, por supuesto.

—Es decir, que estáis solas en el mundo...

—Hombre —reía Kay algo nerviosa—, tanto como eso... Hay demasiada gente por ahí y estamos mezclados entre toda esa gente. Nunca está uno solo porque la vida está llena de seres humanos.

— Eso lo sé. Pero yo me refiero a familiares y tú lo sabes.

—Desde luego —aceptó Kay dejando a un lado la ironía—. Si te refieres a eso, estamos solas.

—Entonces nada ni nadie os impide pasar una temporada en mi hacienda,

—¿Por qué nos invitas?

Nancy notó que él volvía la cabeza y observó en sus ojos una íntima admiración.

—Nada me es más grato, Kay, que veros en pleno campo gozar junto a nosotros. Mi tío Ross estará encantado de conoceros. En realidad, a ti ya te conoce como si te viera, pues le he hablado mucho de ti.

—¿De mí? ¿Y qué puedes decir tú de mí si casi no me conoces?

—Te conozco lo suficiente para saber que deseo tenerte siempre a mi lado.

Nancy se agitó y notó que Kay se estremecía dentro de su pelliza.

Indudablemente, no estaban haciendo bien, dejándose apreciar por aquel hombre, y no creía ella que quisiera quedarse a su lado por mucho camino que le abriera Kay, si aquélla se iba.

Por otra parte, tampoco creía que un tipo noble y honesto como aquél mereciera un engaño así...

Tendría que hablar con Kay y decidir entre ambas una súbita escapada, sin decir siquiera adiós, si es que Kay no aceptaba quedarse en aquel avispero amoroso que Gary le estaba ofreciendo con toda claridad y con la mayor sencillez del mundo.

Empezaba a anochecer, pero la tarde había sido muy clara y despejada, y la noche se hacía de rogar; por lo tanto Nancy, con los párpados entornados, como viendo pasar todo a través de una neblina, divisó una cancela. Muchos bosques y prados y grandes explanadas de sembrado.

El auto entró por aquella cancela, y rodó por una larga carretera a cuyos lados se veían prados, siembras y ganado, y al fondo, muy al fondo, una casa achatada pintada de blanco con grandes porches, amén de otras casas diseminadas por toda la finca, en torno a la cual se alzaba una valla circundando toda la inmensidad que suponía la finca en sí.

Le pareció que salía del infierno y entraba en un cielo purificador.

Se sintió inquieta en el asiento y cuando el auto al fin se detuvo ante la entrada principal, permaneció erguida mirando entorno.

Los faroles se iban encendiendo y se veían terrazas, unas seguidas de otras, entorno a la casona blanca de estructura apaisada.

Gary saltó y ella y Kay cambiaron una mirada de desconcierto. Ambas se dijeron con los ojos que podían pensar que Gary era un buen granjero, pero nunca un acaudalado granjero si todo aquello le pertenecía.

—Habéis llegado a vuestra casa —les dijo abriendo la portezuela.

En lo alto de la terraza, descendiendo de ella a paso corto, un señor mayor, apoyado en un bastón, las contemplaba sonriente.

—Es el tío Ross —dijo Gary con entonación feliz—. Mira, tío Ross, éstas son Kay y Nancy.

El señor vestido de oscuro, traje de pana grisáceo, ya estaba ante ellas alargando la mano.

Las dos titubearon antes de extender la suya. Pero cuando lo hicieron, el tío Ross se las apretó con firmeza y les dio la bienvenida con voz tonante y simpática.

—Puedes entretener a Nancy, tío Ross —decía Gary, asiendo el brazo de Kay—. Ofrécele algo de beber. Yo voy a enseñar a Kay la casa.

Y tirando de ella, se fue hacia el interior.

Kay estaba tan sorprendida como podía estarlo Nancy.

Y hay que decir que Nancy aún no había salido de su desconcierto y sorpresa, así iba ella de callada al lado del anciano tío Ross, el cual la miraba entre sonriente y analítico.

Gary, por su parte, no había soltado el brazo de Kay y con entusiasmo se lo iba enseñando todo. El gran vestíbulo lleno de objetos que nada parecían tener que ver con la estructura de la casa, pues no se parecían a los muebles de una granja vulgar y corriente.

Una chimenea ardía en el amplísimo salón, y los butacones, plantas y cuadros, así como las alfombras y objetos de valor, le daban todo el aspecto de un hogar confortable y acogedor.

La verdad sea dicha, Kay jamás había visto una cosa así, pero también es cierto que no tuvo oportunidad más que de ver su propia casa destartalada y húmeda, fondas de mala muerte y cuartos alquilados llenos de mugre.

Tan sorprendida estaba que no pronunciaba palabra e iba mirando a un lado y a otro con expresión desconcertada.

—¿No te gusta mi hogar, Kay? —le preguntó él.

Kay alzó la cara.

Gary era más alto, lo suficiente para que ella le llegara sólo al hombro.

—Es preciosa. Pero dime, Gary. ¿Tan poderoso eres?

—No sé si lo soy —rió él, campanudo—. Pero sí sé que en este instante me siento el hombre más feliz del mundo por tenerte aquí.

Kay se agitó.

Ella no deseaba su devoción ni la ternura que sus ojos le transmitían.

Lo único que necesitaba era un albergue para su amiga, y como no podía perder el tiempo ni deseaba perderlo, entró de lleno en el asunto cuando se vio en una amplísima biblioteca especie de salón-despacho, en el cual hacía un calor reconfortante.

—Gary, si me lo permites te pido un favor.

—Tú dirás.

Y la miraba anhelante, sin soltar aún el brazo que sujetaba con su fuerte mano.

—¿No puedes soltarme?

Gary no la soltó.

Como la puerta estaba aún abierta, la cerró con el pie y sólo tuvo que hacer un leve movimiento para apretar en su costado medio cuerpo de Kay.

La miró a los ojos con ansiedad.

Y de repente, sin mediar palabras, la besó en la boca, tomándosela con anhelo y apasionadamente.

Había en aquel beso, pensaba Kay asustada, veneración y ansiedad, y una ternura que se expansionaba como si pretendiera doblegar el ardor por temor a asustarla.

Kay soportó aquel beso, que nada tenía que ver con los besos recibidos hasta entonces.

Se dijo que además de asustada estaba impresionada, y que ella prefería no asustarse ni impresionarse.

Así que le empujó blandamente, pero con energía, y se apartó de él, dando unas cuantas vueltas por la biblioteca sin saber qué decir ni adónde mirar.

Detrás de ella oyó la voz de Gary cálida y llena de dulzura.

—Te vas a asar aquí dentro si no te despojas de la pelliza, Kay.

Ella se volvió con algo de fiereza.

Y es que estaba furiosa consigo misma.

¿Por qué tenía aquel hombre que ser así?

Ella prefería un sádico para poderle gritar quién era y lo que había hecho hasta entonces.

Y añadía además que ella no se enamoraba y que estaba bien parapetada contra todo sentimentalismo o sentimiento.

—¡Gary! —gritó.

Pero se calló apretando los labios.

Gary la miraba desde su altura, susurrando con voz contrita:

—Perdona, Kay, ya sé que no debía besarte. Soy tu anfitrión, y el que esté abusando de la hospitalidad que te ofrezco es muy poco loable. Pero...

—Gary —suavizó un poco la voz y es que intentó dominar su desconcierto y no deseaba ver lo que empezaba a observar—. Gary, Nancy necesita un empleo. ¿No tienes algo que ofrecerle?

Gary no la miró desconcertado. Parecía que no la oía, pero su respuesta denotó lo contrario.

—Es tu amiga, Kay. Y si nos vamos a casar tú y yo, lo lógico es que tengas a tu amiga aquí, si es tan amiga tuya.

Kay no cayó sentada porque estaba acostumbrada a recibir sorpresas desagradables.

Pero sí se preguntó perpleja qué cosa decía aquel pobre necio.

—¿Casarme yo contigo, Gary?

—¿No es así?

—Pero...

—Bueno, ya hablaremos de los detalles, Kay.

—Oye, Gary, yo...

—No te preocupes. Tenernos tiempo de hablar del asunto. Será una boda aquí, en la misma finca. Tenemos un pastor amigo que ya sabe lo que yo deseo y como le hablé mucho de ti dice que he tenido mucha suerte.

—Pero yo te digo...

Él le pasó un brazo por los hombros y la oprimió en su costado.

Después, sin soltarla, susurró:

—Anda, vamos con tío Ross y tu amiga. No está bien que les dejemos solos. No estamos siendo muy corteses, pero tanto mi tío como tu amiga se darán cuenta de que tenemos muchas cosas que decirnos.

Kay caminaba junto a él tan desconcertada que con una mano se tocaba para cerciorarse de que estaba despierta y viva.

No comprendía nada.

Y le parecía de lo más ridículo que ella se viera involucrada en semejante situación.

Estuvo a punto de detenerse, de plantarse, de erguir la cabeza y decirle que era una prostituta primeriza y que él merecía una mujer de verdad y no un sucedáneo. Y que ella no estaba dispuesta a casarse, ni mucho menos a sentir la vergüenza de engañar a un tipo puro y noble como él.

Pero sentía en la boca como una cerradura.

La mano de Gary la rodeaba por los hombros y la llevaba junto a sí como si sujetara una hermosa pieza de museo.

Pero todo aquello era de lo más absurdo.

10

Envarados los dos en la puerta del salón, Kay, sin poder separarse de Gary que la sujetaba contra sí, veía a Nancy conversando animadamente con tío Ross. El tío parecía contar entusiasmado mil detalles de su vida aventurera y Nancy le oía con complacencia.

El salón ofrecía para Kay un refugio invitador.

Lleno de objetos bonitos, plantas, alfombras, cuadros y la chimenea al fondo formando como un recodo aparte ante el cual un diván y dos sillones parecían separar el rincón del resto de la pieza.

Kay parpadeaba pareciéndole estar en un cine de pura fantasía o ficción. Aún llevaba la pelliza puesta y no se daba cuenta del enorme calor que sentía.

Sólo al ver a Nancy con su vestido sencillo de manga corta y al anciano en mangas de camisa, pensó que ella o salía corriendo a tirarse al estanque o se despojaba de aquella pieza que le pesaba en el cuerpo como si llevara encima varias toneladas.

Cuando se dio cuenta, Gary le estaba ayudando a despojarse de la pelliza, y él mismo la iba a llevar al perchero.

Cambió una mirada con Nancy, y se dio cuenta de que su amiga estaba tanto o más asustada que ella.

Ella era menos desconfiada que Nancy, porque había vivido menos desengaños que Nancy, así que notó que Nancy desconfiaba de aquel confort y de la amabilidad de aquellos dos hombres, tan dispares entre sí, pero pareciendo igualmente amables.

—Ponte cómoda, Kay —le susurró Gary empujándola hacia un sofá—. Os serviré una copa. ¿Qué prefieres tú, Nancy?

—Nada. Estoy hablando con tu tío y me está resultando de lo más entretenido.

—Yo tomaré un brandy. ¿Quieres tú, Kay?

La joven deseaba tomar algo que le rascara la garganta y le sacara de la cabeza aquellas estúpidas visiones fantasmagóricas.

¿Qué hacía ella allí realmente?

¿Había oído una voz en sueños, o Gary le había dicho en realidad que iba a casarse?

¿Es que para Gary sólo contaba lo que él deseaba y no tenía en cuenta lo que ella pudiera sentir o pensar?

No supo cómo transcurrió el resto de la noche.

Una cena servida por dos criados filipinos y una charla amena por parte del tío Ross, y su mano, su propia mano asida por los dedos nerviosos de Gary, tanto que casi no podía usar libremente los cubiertos.

Al despedirse para irse al cuarto que les habían destinado a las dos, uno pegado al otro, es decir, separados pero comunicados por una puerta, Nancy se despidió de los dos hombres y se deslizó presurosa como si temiera que la siguieran o estuviera dispuesta a tirarse por la ventana de la alcoba y echar a correr a campo traviesa.

Para mayor asombro de Kay, tío Ross se le acercó y la besó en la frente, diciendo:

—Bienvenida seas, Kay. Espero que no te aburras entre nosotros y espero asimismo que podáis casaros cuanto antes.

Allí todos estaban locos.

Se quedó sola con Gary e intentó escapar de él en seguimiento de su amiga. Pero había que salvar unos escalones de madera noble y asida al pasamanos hizo intención de ascender, pero Gary con su cuerpo ancho y fuerte, su cara pecosa de niño grande y su tórax perdido en la camisa de cuadros despechugada y mostrando un vello rojizo y rizado, la asió contra sí.

—Gary, debo seguir a Nancy.

—Antes tengo que besarte. Kay. No podría irme a mi cuarto sin besarte mucho.

—Pero...

—Ya sé que eres muy joven para mí —le cortaba afanoso y contrito—, pero eso no tiene nada que ver con la felicidad. No creo que ésta se pueda basar en unos años más o menos, pero sí que se basa en la comprensión, el cariño y la pasión.

—Gary, es que yo...

—Tú estás muy sola y el único consuelo de tu vida en estos días he sido yo. Nuestros encuentros en el pub de la estación. No sabes cuánto deseé decirte que te quería, Kay, pero me di cuenta de que tú ya lo sabías.

¿Qué decía?

¿Estaba loco él o lo estaba ella?

Gary le hablaba en voz baja y retenida, al tiempo de fundirla contra sí.

Kay hubiera querido escapar, pero no podía ni quería hacerlo. Se daba cuenta de una cosa que le asustaba incluso más que su pasado. La proximidad de Gary, sus besos en la boca que nunca le habían conmovido. Es decir, que jamás beso alguno le había hecho a ella flaquear y aquellos besos reverenciosos que se diluían en sus labios despertaban de súbito íntimas ansiedades y la estremecían de pies a cabeza.

Tanto es así que se separó de Gary como un autómata y de la misma forma subió las escaleras y así entró en el cuarto, dentro del cual la esperaba una Nancy asustada y temblorosa.

—Kay, debemos irnos en seguida.

La joven la miraba como si no la viera.

—Kay, ¿me estás oyendo? Estos hombres o son monstruos o son santos, y a mí me asusta cualquiera de ambas cosas.

Por toda respuesta, Kay cayó sentada en el borde del lecho. La puerta del cuarto estaba abierta y se veía una luz al fondo de la alcoba contigua y el borde de una cama.

—Kay —susurró Nancy asiéndola por los hombros e intentando despabilarla—, ¿te enteras bien? Ese tipo anciano dice que Gary y tú os vais a casar.

Agitada por las manos de Nancy, Kay respiró fuerte y alzó la mirada.

Era una mirada glauca espantada.

—Nancy... Nancy, ¿qué podemos hacer?

—Irnos. No tenemos derecho a usurpar un puesto que no nos pertenece. ¿No te he dicho yo que ese Gary estaba loco por ti? Y encima te cree pura como una flor. Yo no me quedo aquí, Kay. Me da mucho miedo. Si son monstruos, en cualquier momento se nos echarán encima, y si son santos, yo no he nacido para engañar a los tíos de los altares.

—Calla, calla. Son buena gente.

—Por eso mismo. Porque me parecen buena gente, yo no soporto esto. Es muy bonito —miraba en torno con desesperación—. Sería como entrar en el paraíso vivir aquí, pero no tenemos derecho a ello. ¿Entiendes?

—Engañándoles no. Nancy —dijo Kay a media voz—. Pero yo le diré la verdad.

—¿Qué dices, mujer?

—Me ama de verdad. Lo he sentido. Lo he visto, me lo ha confesado.

—Eso está claro. Y además, según tío Ross, os casaréis enseguida. El pastor vendrá a casaros aquí... Dice que su sobrino está muy solo. Que le ha llegado la hora y que él es feliz de que te haya encontrado a ti. Me preguntó también —Nancy hablaba a trompicones— si era muy amiga tuya. Y añadió que le parecía que sí y que yo haría aquí mucha falta porque hace siglos que en esta casa no hay mujeres, más que las del servicio. En fin, todo color de rosa. Y yo digo, Kay, que he sido una perdida y que no me da la gana de engañar a gente buena como ésta, y que son dos inocentes, y que ese tío Ross sería en su tiempo un aventurero, pero es más inocente que una criatura.

De repente sucedió algo insólito que obligó a Nancy a callarse.

Kay se tiró en la cama ocultando la cara entre las manos y rompió en sollozos.

Podía parecer estúpido y ridículo, pero el caso es que Nancy se tiró sobre ella y sollozaron a la vez, apretada la una contra la otra.

—¿Adónde vas? —preguntó Nancy asustada, viendo que después de sollozar cuanto quiso, Kay se levantaba, estiraba los pantalones mecánicamente y se iba hacia la puerta.

—A hablar con Gary.

—¿Qué dices? ¿Sabes la hora qué es?

—¿Cuándo tuve en cuenta la hora? Le voy a desilusionar.

—No entiendo, Kay.

—Es muy fácil. Voy a ir a su cuarto. Le voy a decir que quiero acostarme con él.

—¡Kay!

De esa forma, no tendré que darle explicaciones. Me odiará.

—Kay —Nancy volvía a llorar—. Kay... eso es muy duro. Y tú sientes algo por él. Creo que te estás enamorando.

—¿Y qué pretendes? —gritó casi histérica—. ¿Que le diga a sangre fría lo que soy?

—Estamos en un callejón sin salida, Kay. Yo me siento desolada. Avergonzada por primera vez en mi vida. Odio todo mi pasado minuto a minuto. Pero siempre ocurre así, que te acuerdas de Santa Bárbara cuando truena. Piénsalo bien, Kay. Si vas, él se dará cuenta de que eres una perdida o que no tienes escrúpulos y vienes a su casa de invitada y te vas a entregar a él. O pensará también que tienes miedo a perderlo y que vas a su cuarto para asirlo más a ti. También puede ocurrir que acepte la situación y se dé cuenta de que no es el primero.

—Eso es lo que deseo que sepa sin tener que decírselo yo.

—Oh, Kay, jamás estuve en una situación semejante.

—Le respeto —decía Kay pegada a la puerta con los dedos temblorosos asidos al pomo— y prefiero que me desprecie a que me ame. ¿Entiendes? No soporto la idea de que me hable de amor como si yo fuera una pura criatura. Yo nunca estuve en un trance así. Ni jamás esperé que un tipo como él me amase. Me duele que me ame, Nancy. Además, si yo no sintiera admiración por él, o amor, o esto que siento, ten por seguro que me aprovecharía de la situación, me casaría con él y vería la forma de mantenerlo engañado toda la vida. Para una mujer como nosotras, todo eso es sumamente fácil —asió las sienes con ambas manos—. Pero yo no puedo hacer eso. No debí perder toda mi virtud, Nancy. Debe de quedar algo puro en mí y se lo tengo reservado para desengañar a Gary.

—Lo cual te dolerá como si te mataran a sangre fría.

—Es mi rendición.

—¿Tu qué?

—Lo que sea. Pero tengo que acabar con esta farsa.

—Y vas a acabar de la peor manera. Es decir, que destruirás todas las ilusiones de un hombre.

—Si me fuera, siempre me añoraría y causaría en él más dolor del que voy a hacerle.

Con brusquedad se estaba despojando de la ropa.

Se quedaba impúdicamente desnuda ante su amiga.

—¡Kay!

—Me pondré la bata que he traído en tu bolso.

Dicho lo cual, iba a por ella, la sacaba y se la ponía sobre sus desnudeces.

—Me odiará, pero al menos sabré que en ese odio me olvidará mejor.

—Kay —Nancy la miraba asustada—, le quieres más de lo que suponías tú misma.

Kay volvió a apretar las sienes con ambas manos.

—Fue como si caminara ciega durante semanas, Nancy. Y de repente viera la luz. Sí, debo de quererlo. Y ahora me doy cuenta de que no urdí todo esto por ayudarte a ti, sino por estar a su lado... ¡Qué sé yo! Pero debo quererlo lo suficiente para evitar dañarlo.

—Y no te das cuenta de que así le dañarás más. Él te venera, te tiene en un pedestal. Y lo vas a destruir todo apareciendo en su cuarto dispuesta a entregarte a él.

—Me tomará —dijo Kay con pesar— y me olvidará en seguida. Se dará cuenta de la clase de mujer que soy y le será fácil maldecirme. Nancy, es lo menos que puedo hacer por su sincero cariño.

Nancy agachó la cabeza.

En voz baja, susurró:

—Me da pena de ambas, Kay. Mucha pena. Por eso digo que el que da un paso en falso debe pensarlo muchas veces seguidas. Casi siempre se arrepiente uno de haberlo dado cuando es demasiado tarde. Nosotras dos nos hemos enterrado demasiado pronto. El destino de las criaturas es como una pelota, que tan pronto está en el tejado como rodando por el fango.

—Volveré, Nancy. Tengo todo dispuesto. No te acuestes. No merece la pena, porque regresamos a Dallas cuando yo venga... Ya encontraremos quien nos lleve. Sobrarán autos por ahí, y si no, nos vamos caminando en la amanecida hasta la autopista.

Dicho lo cual salió dejando a Nancy de pie aún, tensa, con los ojos húmedos fijos en la ventana por la cual entraba un rayo de luz que procedía de un farol del jardín.

11

Gary andaba por el cuarto fumando el último cigarrillo, dentro de un pijama a rayas.

Tenía una arruga en la frente y sus verdes ojos miraban al vacío. De vez en cuando, aspiraba el humo con demasiada fuerza y después con lentitud, pero de cualquier forma que fuera, lo expelía como si soplara.

Oyó pasos menudos por el pasillo y en seguida oyó dos golpes en la puerta.

Tiró el cigarrillo en un cenicero próximo y ni siquiera lo apagó. Se acercó a la puerta y la entreabrió.

Vio a Kay envuelta en la bata de felpa y se apreciaba que bajo ella sólo llevaba su desnudez.

—¡Kay! —exclamó.

Kay empujó la puerta que él no abría del todo y se deslizó dentro del cuarto cerrando de nuevo.

—¿Qué ocurre, Kay?

—Vengo a pasar un rato contigo, Gary —dijo con voz ronca.

Gary no dio muestras de asombrarse demasiado. Pero sí que la miró con fijeza y observó la palidez del rostro juvenil, así como el perceptible temblor de sus labios.

—Kay —sonrió y su sonrisa era beatífica—, no lo dirás en serio.

—Pues sí que lo digo.

—¿Y por qué, Kay? No nos hemos casado aún.

—¿Importa eso mucho?

El dedo de Gary fue a posarse en la mejilla femenina.

—Tienes los ojos húmedos, Kay —susurró—. Vete a tu cuarto y descansa. Mañana, si te apetece, hablamos.

—¿Es que no te das cuenta?

—¿De que vienes a celebrar la luna de miel? Sí, claro que sí. Pero yo no puedo abusar de tu inocencia, Kay. No es más hombre el que se expansiona que el que se doblega.

Kay se agitó.

—Oye, Gary, te lo digo en serio.

—Lo sé. Y lloras para decirlo.

—Pero... yo no lloro.

—Es verdad que no —y volvió a posar el dedo en la mejilla femenina—. No lloras pero estás a punto de hacerlo... No tienes por qué venir a mi cuarto sin ser mi esposa. Yo no te deseo así, Kay. En realidad, te tomaría en mis brazos ahora mismo, pero eso no sería honesto. Ni decente.

—¿Es que no ves que yo vengo a ti porque quiero?

—Por supuesto. Pero yo no te acepto, también, porque no quiero aceptarte así.

—Gary, ¿cuándo verás claro?

—Eres una chica estupenda, Kay. Por eso yo te quiero tanto. Nos casaremos y tendremos hijos. Los educaremos bien.

Kay dio una patada en el suelo.

¿Era tonto o era todo lo contrario?

¿O no tenía una pizca de hombre?

Dio un paso al frente y con toda la ira del mundo abrió su bata.

Gary apartó los ojos.

Parecía sombrío y herido. Así que con deliberada tranquilidad, atosigando su ansiedad y su pasión, asió la bata por las dos puntas y la cerró sobre el cuerpo desnudo.

—Sé buena chica y márchate, Kay. Y, por favor, no me mires con esa expresión agónica. No creas que soy un débil hombre asustado. No. No he tratado a chicas puras cómo tú. Pero en cambio, sé mucho de la suciedad moral

que impera en ciertas mujeres. A ti yo no te tomaría sin hacerte mi esposa por nada del mundo. Yo no sé lo que los demás tienen pensado
del concepto de la virtud. Yo tengo el mío. Y
no lo digo porque la mujer sea esencialmente
pura o no. Eso es secundario. Lo que no soporto es la infidelidad y sé que tú no me serás jamás
infiel. Eso me basta.

—¿No ves que no tengo pudor?

—Y lloras para decírmelo. No, no, Kay. Claro que lo tienes. No sé qué cosa vienes a pagar
esta noche aquí. Yo te aseguro que no tienes nada que pagarme. Me lo pagarás todo cuando seas
mi mujer.

—¿Es que no eres hombre, Gary? ¿Es que no
tienes nervios y deseos en el cuerpo?

Gary giró sobre sí.

Tenía los dientes apretados y la mirada ardiente enturbiada.

De espaldas a ella, sin embargo, su voz sonó
ronca pero firme.

—Sé que eres una chica estupenda, Kay. Que
eres generosa y que crees deberme muchas cosas.
Yo te digo que no me debes nada. Que no te tomaría por nada del mundo. Que estás bajo mi te-
cho y tu generosidad me parece excesiva y que tu
inocencia es enternecedora.

—¿Y si no fuera inocente?

No se volvió aún.

Su voz resultaba tajante.

—No lo es más quien asegura que lo es, que el que lo calla, Kay. ¿Quieres irte?

—Te digo...

—Vete, por el amor de Dios.

—¿Qué debo pensar?

—No pienses. Si te parece déjame a mí que piense por los dos.

—Pero es que yo no sé lo que piensas tú.

Se volvió despacio.

Se había serenado lo suficiente para empujarla con blandura.

—Aceleraré la ceremonia de la boda cuanto me sea posible. Kay. En realidad, si tú tienes prisa por entregarte, yo la tengo más por tomarte. Pero prefiero tomarte como Dios manda. Eres demasiado joven para mi edad. Puede que no tenga experiencias femeninas en abundancia, pero tengo las peores que hay y conozco a la gente.

Entre sollozos ahogados, muerta de rabia y de dolor, Kay se lo contaba a su amiga.

—Kay... cállate ya. No entiendo cómo tú, que diste siempre pruebas de ser antisentimental, de repente te vuelves toda sentimiento. Y lo peor es que viéndote a ti, yo también me siento como una parvulita con delantal de colegio.

—¿Qué quiso decirme, Nancy?

—Nada concreto. Te ha tomado por una criatura apasionada.

—Dijo que tenía las peores experiencias y que conocía a la gente.

¿Y bien?

Kay alzó la mirada húmeda.

Estaba desesperada.

Le temblaban los labios perceptiblemente.

—¿Qué me quiso indicar? ¿Acaso sabe de dónde hemos salido?

—No, no lo creo. No nos habría admitido en su casa. Debes decirle mañana la verdad.

—Oh, no. Me marcho ahora mismo y tú conmigo, Nancy.

—Pero...

—No aguanto esto. He visto deseo en sus ojos, y sin embargo, no me ha tocado y me ha hablado como si yo fuera una infeliz criatura desconocedora del mundo. Sé que me echará de su casa como una apestada si se lo digo. De modo que me iré sin decir nada.

Se levantaba.

Nancy también.

Kay empezaba a quitarse la bata y procedía a vestirse.

Nancy aún estaba vestida, de modo que sólo tuvo que hacer un nudo con la bata y perderla en el bolso de viaje.

—Nos iremos caminando hasta la bifurcación y haremos auto-stop —decía con voz ahogada—. Ahora mismo, Nancy. Mañana no quiero verme ante él. Me moriría de vergüenza y de rabia. No sé lo que es peor sentir.

—Vamos, Kay, y deja ya de llorar.

Kay secó las lágrimas con el dorso de la mano y seguida de su amiga, salió al pasillo.

De puntillas descendieron por el vestíbulo y se fueron hacia la puerta.

—Hay mucha distancia —siscaba Nancy—. No llegaremos a la autopista hasta el amanecer.

—Vamos —insistía Kay asiéndola de la mano.

De súbito, una voz gangosa dijo tras ellas:

—La noche es deliciosa, pero algo húmeda. ¿No cogeréis frío intentando dar un paseo? Mañana lucirá el sol y pese a la estación invernal, el sol atenuará el frío.

Las dos se volvieron.

Vieron una sombra balanceándose en una hamaca, y la pipa que despedía un chispazo de vez en cuando.

—Tío Ross —susurró Nancy.

—¿Usted? —preguntó Kay.

El tío Ross no se movía de la hamaca, pero la balanceaba rítmicamente.

—Suelo acostarme tarde. Me gusta ver las estrellas. Esto me hace pensar en mis noches de juerga por esos mundos.

—Pero...

—¿Es muy largo el paseo que pensáis hacer? No os lo aconsejo. La humedad cala y os pondrá mojadas en un cuarto de hora.

Kay y Nancy aún tenían las manos unidas y muy apretadas.

Tío Ross, con voz armoniosa y simpática, seguía diciendo:

—Desde adolescente me habitué a ser noctámbulo, de modo que ahora que podría dormir a pierna suelta, sigo con mi maldita costumbre. No duermo muy bien que se diga. Así que prefiero acostarme cuando empieza a clarear el día.

Y como las dos jóvenes permanecían una apretada contra la otra, tío Ross añadía apaciblemente:

—Mañana podéis ver las cercanías. Gary se mostrará muy complacido de poderos acompañar. Yo tengo las piernas pesadas y me cuesta caminar solo durante mucho tiempo. Gary dice que estoy hecho un joven, pero yo sé bien que los años pesan y que están sobre mí. —Y sin transición—: Os aconsejo que volváis a vuestro cuarto.

—Pero es que...

—Tienes la voz ronca, Kay. Es que estás pillando un buen resfriado. Hala, hala, a la cama.

Y las tocaba a una y a otra con el bastón.

Las dos giraron.

Se buscaron los ojos en la oscuridad.

Tío Ross decía beatíficamente:

—Yo creo que el domingo será la boda y hay que estar ligeros. Nancy, tú y yo nos quedaremos aquí entre tanto ellos se van de luna de miel. En realidad, me alegro de que Kay tenga una amiga como tú, Nancy. Yo solo me siento como ahogado, y tú me harás mucha y muy aceptable compañía.

Mudamente, las dos se vieron subiendo las escaleras, cruzando el pasillo aún sin soltarse sus dedos, entrando en la alcoba.

Aún sin soltar sus dedos crispados, que se entrelazaban desesperadamente, Nancy, con la mano libre, buscó el botón de la luz y lo oprimió.

La estancia se iluminó. Fue entonces cuando soltó los fríos dedos de su amiga. Vio que Kay los pasaba nerviosamente por el cabello.

—Nancy... ¿estaba tío Ross por casualidad en la terraza o nos esperaba?

La respuesta de Kay fue caer pesadamente en el lecho.

Miraba a lo alto.

Sus párpados se entornaban y en los labios se dibujaba una amarga mueca.

—Kay, ¿sabes que en toda mi vida me he sentido más desconcertada? ¿Qué nos está pasando a nosotras, Kay? ¿Qué saben estos hombres de nuestro pasado? ¿O es que hay un mundo infernal en el cual hemos vivido hasta ahora y queda otro puro donde existen hombres buenos que hemos desconocido siempre?

—Ahora quiero dormir y olvidar, Nancy —susurró Kay, bajísimo—. Si me haces el favor, tira de mis pantalones. No sé lo que ocurrirá mañana sábado, pero yo no tengo valor para soportar ciertas cosas y creo que le diré a Gary por qué he ido a su cuarto y por qué intenté huir... Supongo que tío Ross no estaba allí por casualidad. Y supongo que si bajas ahora al porche los encontrarás a los dos. A Ross y a Gary.

—Si es así, es que conocen todo nuestro pasado, y si lo conocen, me pregunto yo, ¿para qué vamos a decirlo nosotras? Si nos aceptan así... ¿Qué es lo que nos queda que hacer a ambas?

—Gracias por quitarme los pantalones, Nancy —susurró Kay—. Quiero dormir. Olvidar y pensar que mañana podré irme, pero antes le diré a Gary la verdad, y si no quiere saberla se la diré igual y si la sabe, de igual forma tendrá que oírme contársela.

12

Nancy ya se hallaba en la terraza conversando tranquilamente con el anciano, cuando Kay asomó furtivamente a la ventana.

En aquel mismo instante sonaron dos golpes en la puerta y Kay sobresaltada, se enderezó y giró la cabeza.

Tan atosigada estaba dentro de sus tejanos y su camisa a rayas, que no ordenó que pasasen, pero sí que avanzó como un autómata y abrió la puerta.

Gary estaba ante ella.

Vestía pantalón de pana beige y camisa a cuadros marrón y verde. Estaba despechugado y en mangas de camisa. Su pelo espigoso aún aparecía mojado y sus pecas resultaban brillantes en la morenura curtida de su piel.

—Buenos días, Kay —saludó armonioso.

Kay jamás se había puesto colorada.

Empezó de muy niña a perder la vergüenza oyendo cosas y viendo otras muchas aún peores de las que oía.

Por eso cuando Nancy la introdujo en aquel mundo sórdido no le asombró en absoluto. Sí que era virgen físicamente, pero moralmente hacía mucho tiempo que había perdido la virtud por haber madurado en la sordidez familiar mucho tiempo antes.

Dado todo eso nunca se ruborizó, pero en aquel instante no sólo se coloreaban sus mejillas, sino que además sentía una vergüenza cómo jamás había creído que ella pudiese sentir.

Además, la sonrisa de Gary era afable y tierna, su mirada apacible y su voz acogedora. Es decir, que viéndola, se diría que la noche anterior no había sido una realidad, sino una estúpida fantasía.

Pero había sido una realidad y ella lo sabía perfectamente y sabiéndolo ella, por mucho que pretendiera ignorarla Gary, no podía hacerlo.

—Kay, vengo a buscarte para desayunar juntos. Nancy se ha levantado mucho antes y está en la terraza con el tío Ross.

Kay quiso entrar de lleno en el asunto.

Cuanto antes terminara aquella farsa, mucho mejor.

De no interesarle Gary como hombre, de no estremecerse de ansiedad ante su presencia, de no amarlo, sería sumamente fácil aceptar la situación, convertirse en su mujer y engañarle el resto de su vida. No siéndole infiel, que eso no iba con ella, pero sí silenciando todo su pasado.

De una sórdida vida a salto de mata, tratando hombres odiosos y sádicos todos los días, ávidos de sexo, podía pasar a ser la dama y señora de aquella finca, la esposa respetable y respetada de un poderoso hacendado e incluso podía tener hijos y educarlos muy distinto a como la educaron a ella. Pero todo eso podía ocurrir si no amara a Gary, pero puesto que lo amaba, ni cabía en su conciencia, ni en su despertada moral, un engaño semejante que podría marcarla traumáticamente para el resto de su existencia y vivir siempre sobre un polvorín.

—Ayer noche —dijo Kay por toda respuesta y dándose a sus íntimas interrogantes— no fui a tu cuarto a llevarte mi virtud.

Gary esbozó una tibia sonrisa.

Alargó la mano y las yemas de sus dedos acariciaron el rostro sofocado.

Pero Kay dio un paso atrás.

—Gary, te estoy hablando muy seriamente. Supongo que también sabrás que tanto Nancy como yo intentamos irnos.

—Oh, te refieres al paseo que ibais a dar ayer noche. Tío Ross me dijo que os aconsejó volver al lecho. Las noches parecen apacibles, pero en realidad son muy húmedas y frías por mucho que en el firmamento brillen las estrellas.

—¿Es que no quieres entender, Gary?

—No grites así, Kay querida. Está al llegar el pastor y viene a conocerte. Muy de mañana pasé a verle y de paso saqué la licencia. Tanto el juez como el pastor vendrán mañana. Es decir, el pastor vendrá hoy a conocerte y mañana al anochecer nos casaremos si es que tú estás de acuerdo.

Kay sintió debilidad.

La debilidad humana de aceptar las cosas tal cual las presentaba Gary.

Pero ella podía haber entregado su cuerpo, pero no así su moral, y si con el cuerpo había entregado la moral aquella despertaba de súbito gritándole en la conciencia.

—Gary, me parece que no te has preguntado si te quiero o si deseo casarme contigo.

—No. No es preciso. Cuando una persona como tú se pasa dos semanas yendo a un pub donde la espera un desconocido con el cual no la liga ningún lazo material, la empuja algún sentimiento.

—Tienes mucho dinero —se alteró Kay, casi gritando—. Parece que posees poder. Se nota que no eres un granjero cualquiera. No teniendo yo nada, puede ocurrir que me empuje a ti el afán de lucro.

Él dibujó una tierna sonrisa llena de comprensión.

—Si todo fuera así, no se te ocurriría pensarlo siquiera. Y además de pensarlo y decirlo, lo gritas, lo que significa que no te empujó hacia mí el afán de lucro. Y si así fuera, me considero lo bastante honesto y noble para que una mujer me ame, si no hoy, un día cualquiera.

—¿Es que me tomas por una santa?

—Te tomo por una mujer buena, Kay, y muy bonita. Tal vez algo joven para mí, pero eso se suple con la felicidad.

Kay dio un paso atrás y pegó la espalda a la pared. Metió las manos entre aquélla y la espalda. Las oprimió rabiosa contra su propio cuerpo.

—Gary, te lo voy a decir. ¿Sabes cómo me gané la vida en estos últimos meses?

—No me interesa. Una cosa me interesa de ti y de Nancy, Kay, no entiendo cómo no lo comprendes. Nancy me interesa por lo muy amiga tuya que es. Y te digo que aquí tendrá su hogar mientras guste. En cuanto a ti, me interesas de ahora en adelante.

—¿Y si mi pasado es tenebroso?

—Bueno, te di la oportunidad de no hablar de él. Si estás mencionándolo en pasado, es que es pasado tan sólo. A mí, te digo, me interesa el presente.

—Tú no tienes experiencia de mujeres —se desesperó ella viendo que Gary no entendía, lo que es peor, se negaba a entender.

Gary se sentó en el borde del lecho y alzó la cara para mirarla.

Tenía una expresión plácida.

Había en sus ojos una mirada amable y cordial, pero más que nada llena de paz y serenidad, lo cual sin darse cuenta la inundó a ella de la misma apacible serenidad, si bien continuó pegada a la pared con las manos oprimidas entre su espalda y aquélla.

—Mira, Kay, te diré. He conocido a las mujeres que más podían enseñarme. Las he conocido de todos los estilos en sus burdeles. Las había buenas y malas. Nunca se sabe por qué una muchacha va a dar a un sitio semejante. Pero una cosa sí sabe el hombre que frecuenta esos sitios. Las que están allí por vicio o necesidad fisiológica, o las que están por pura necesidad de loco desconcierto. Hay mil formas de llegar a la degradación. A muchas de esas mujeres las empuja la vida, otras el vicio, algunas el propio novio o marido, o un desengaño. Habría mucho que estudiar sobre eso. No creas que siempre es por la mujer que se gana la vida en esos burdeles.

Yo condenaría más a la esposa de un señor honesto, que su mujer le engaña con un amigo o un conocido o con cualquier hombre, y después figura en sociedad, entre sus amistades, en el lecho de su propio marido, como una dama respetable, y sin embargo, quizá minutos antes metió en el lecho conyugal a su amante —meneó la cabeza—. Los sociólogos y psicólogos tienen un concepto especial de esas situaciones. Yo tengo mi concepto y a fuerza de conocer a fondo esos sitios también he conocido a las mujeres que allí se ganan la vida.

—Es decir, que tú...

Él agitó la mano en el aire y Kay apretó los labios porque no sabía qué cosa iba a decir.

—Yo te pido ahora que depongas tu actitud hostil y vamos a desayunar. Después, si tienes deseos de dar un paseo, te llevo a la grupa de mi caballo —se levantaba y se acercaba a ella—. Kay, te quiero mucho. Y no me preguntes por qué. Empecé a quererte el primer día. El fondo de tus ojos me ilusionó. Pienso que me creías un patán, un pobre diablo sin ningún conocimiento y me soportabas por caridad... Eso me agradó mucho, Después acudiste a mi por compromiso quizás, o por cenar. ¡Qué sé yo! Después por mí mismo. Eso es todo. Espero que sea suficiente.

—¿Y si yo tuviera cosas feas que decirte de mí?

—¿Cosas feas? ¿No me estás oyendo, Kay? Cuando una persona quiere decir cosas feas de sí misma, es que esas cosas feas ya no existen...

—¿Por qué eres así? —gritó, desesperada.

Por toda respuesta Gary, amorosamente, tierno y cálido, se acercó más a ella y apretó el cuerpo en el suyo. La pared era dura, pero el cuerpo de Gary blando y vehemente, además de voluptuoso y suave.

La miró a los ojos teniéndola ante sí y sus manos se alzaron despacio.

Se escurrieron por la espalda de Kay y la oprimieron. Kay notó su excitación, pero bien controlada. No dijo palabra.

La besaba en los párpados y sus labios resbalaban hacia la comisura de la boca, después se perdían gozosos en sus labios.

Así la mantuvo un rato, la besaba y separaba la cara, la miraba y volvía a besarla con suma dulzura.

Kay sentía la sensación de que iba a desvanecerse. Todo en ella palpitaba y le oscilaban los senos en una emoción íntima nunca conocida hasta entonces.

—Gary —decía conteniendo las lágrimas—, tengo que hablarte de mí y de Nancy. Tengo que hablarle...

—Un día —decía él oprimiéndola contra sí con los dos brazos— cuando estemos en nuestro lecho matrimonial y hagamos un lapsus en nuestra íntima y mutua posesión, me cuentas cosas. Esas y otras. Ahora no tengo tiempo de escucharte.

—Pero es que Nancy...

—Es una chica estupenda. Tío Ross dice que se quedarán juntos, muy contentos, entretanto tú y yo hacemos nuestro viaje de novios.

—Sin embargo...

—Vamos, Kay, estás llorando otra vez.

—¿Y qué dices de ayer noche? —preguntó desesperada huyendo de los labios que seguían los movimientos de su boca—. He ido a tu cuarto. Iba desnuda, ¿es que no te acuerdas? Y después me escapaba. Sí, sí, me escapaba. Y si tío Ross no está allí, ya no sabrías de nosotras. Ni de Nancy ni de mí.

—Te estás excitando sin motivo, Kay, querida mía.

—¿Es que no comprendes?

—¿No será que la que no quiere comprender eres tú?

Y llevándola asida contra sí se dirigió a la puerta, añadiendo en voz baja:

—Desayunaremos todos juntos. Tío Ross y Nancy están esperando... Después recibiremos al pastor y más tarde, si te apetece conocer las cercanías, iremos ambos en un mismo caballo. Más

adelante te enseñaré a montar, pero eso será...
cuando hayamos regresado del viaje de novios.

—Gary...

—¿Por qué te detienes? Vamos, querida, no
les hagamos esperar.

Más tarde, después de haberse ido el pastor,
buscó a Nancy en la soledad.

Estaba tan aturdida como ella.

—Nancy... no quiere entender. Le he dicho,
he intentado decirle...

—Me lo imagino —se sofocó Nancy—, pero
resulta que también tío Ross se hace el tonto, Kay,
¿qué saben estos dos hombres de nosotras?

Kay se estremeció, buscando a tientas los fríos
dedos de su amiga.

Aquellas dos manos se oprimieron con firmeza.

Después se miraron a los ojos.

Kay siseó.

—Me da miedo. Mucho miedo. Tanto que lo
sepa como que no, o que se lo grite yo desesperada y me deje... Nancy, ¿se pueden pasar años
sin sentir nada y de súbito sentir tanto el golpe?

—Es natural, Kay. Y te diré más. Si aquella
noche de mi vida yo hallara en Jim un hombre
bueno, hoy sería su esposa, Kay. ¿No comprendes? Y no tendría sobre mí el sucio peso de este
pasado. Ni tú estarías sufriendo porque yo no te

habría encontrado en el camino de mi vida y no te habría conducido por ese tétrico sendero. No sé qué más decirte, Kay. Una cosa es cierta. Tío Ross sabía que ayer íbamos a escaparnos. Estaba allí porque pretendía evitarlo. Y te lo puedo asegurar porque hoy, sin proponerme, me enteré de que es un dormilón empedernido.

—Nancy, me da mucha vergüenza todo esto... Me siento mezquina y absurda. ¿Puede una estar tan liberada durante un tiempo y de súbito sentir esta vergüenza de esa liberación?

La llegada de Gary impidió que las dos siguieran hablando.

13

Todo estaba dispuesto para la ceremonia.

En el salón se hallaban el juez y el pastor conversando con tío Ross y una Nancy nerviosa y desasosegada.

En su alcoba Gary terminaba de vestirse. Parecía otro dentro de su traje azul oscuro, su camisa blanca y su corbata. Peinado, con el cabello engomado para apaciguar la rebeldía de su cabello, se miraba al espejo aún sin ponerse la americana.

Tenía un brillo inusitado en los ojos y una tibia sonrisa en la boca.

Fue en aquel momento cuando sonó el teléfono de su cuarto y lo levantó automáticamente, como si esperara la llamada.

—Dígame.

—Gary, soy Jack.

—Dime, ¿qué ha ocurrido?

—Fue un juicio corto, Gary. Le condenaron por diez años. Han testificado todas... Por supuesto, faltaba Nancy. Con él se han condenado a seis más. Una verdadera cadena de proxenetas engarzados con autoridades de renombre. Un bombazo. Lee, lee los periódicos.

—Los tengo prohibidos aquí —farfulló Gary entre dientes.

—De acuerdo. Pero algo tendrás que decir.

—¿Por qué? Queda todo dicho. Algún día Nancy se casará con un hombre respetable. Conozco muchos que piensan como yo, que saben de la miseria de ciertas vidas y cómo se les empuja a esa miseria, pero en cada ser humano queda algo bueno y hay que buscarlo, Jack.

—Eres un tío fuerte, Gary.

—Soy un hombre enamorado que aprecia a sus amigos.

—¿Sabes que esto costará una fortuna?

—Habremos gastado con gusto esa fortuna si quitamos de la circulación a esos indeseables. Lo peor es que luego aparecerán otros, pero vosotros como autoridad competente debéis perseguirlos y aniquilarlos.

—¿Satisfecho, Gary?

—Mucho. Me caso dentro de un instante. No quiero hacerles esperar. Ardo en deseos de largarme con mi mujer. Si quieres te acercas luego por aquí, Jack, y te tomas una copa a mi salud. Nancy y tío Ross quedan al frente de los invitados. Es decir, que si bien no hay muchos, sí que están todos mis amigos, los que de algún modo están ligados a mis negocios o mi hacienda.

—Si tengo tiempo iré, Gary. Suerte y si quieres que Nancy y Kay no se enteren de la escabechina que hemos hecho, procura que no llegue la prensa del día.

—De todos modos es una labor excelente, Jack. Soterradamente has buscado a esos tipos y los has pillado a todos. Las chicas se han portado de maravilla testificando. Págales bien.

—Lo estuve haciendo, pero te diré que se sienten suficientemente pagadas al ser libres...

—Gracias por todo, Jack.

—Suerte. Gary.

Colgó.

Se miró de nuevo al espejo como si nada ocurriera.

Sujetó con las dos manos el nudo de la corbata y aún se pasaba el peine por el cabello cuando se abrió la puerta.

—Nancy —exclamó.

Nancy tenía un periódico en la mano.

—Gary —sollozaba—, ¿desde cuándo lo sabes?

128

Y mostraba el periódico abierto en el cual se veía la figura de Jim y otros seis hombres más, esposados.

—Olvídate, Nancy —susurró.

—Pero...

—¿No quieres olvidar este asunto? Nunca se lo digas a Kay, ¿entiendes? No quiero que se moleste en darme explicaciones, y yo no se las voy a pedir jamás. Esta casa es tuya, y cuando puedas enamórate de un hombre —la besó en el pelo—. Nancy... yo conozco muy bien a las personas...

—¿Cuándo te diste cuenta?

—Bueno, no mucho. Pero sí el primer día... Así que llamé a Jack, mi abogado, y se enteró de todo. Del hilo se saca el ovillo. Lo demás fue fácil. Se pidió ayuda a las muchachas, tus antiguas amigas, pero nada se dijo de ti, Nancy, ni de Kay... Todo eso debe quedar muerto. En realidad, yo empecé a hacerlo por sacar lacras del medio, pero cuando lo comenté con Ross... pues nos dimos cuenta los dos de que me empujaba a ello algo más que generosidad humana. De modo que por eso seguí viendo a Kay... y de paso llegaba a ti... que tanto la habías ayudado.

—Pero, Gary, lo que yo hice fue perderla...

—No hagas caso. Tú le diste lo que tenías en aquel momento. Después ella pretendió ayudarte a ti como tú le habías ayudado a ella. Hay que sacar lacras del alma cuando están mal prendidas, Nancy. A vosotras os empujó la circunstancia. De la misma manera debía esa circunstancia a la inversa libraros de vuestra pulmonía, y es lo que hicimos nosotros. Ahora —volvía a besarla con dulzura— a hacer compañía a Ross y a vivir. Pero, por favor, nunca le digas a Kay...

—Pero ella vive en vilo porque tú no quieres entender.

—Ya se irá acostumbrando a que entiendo demasiado. Pero mi cariño está muy por encima de todo eso. La vida de un hombre y una mujer cuenta desde que forman su pareja. Lo de atrás es agua pasada. Yo soy de los que piensan que tan culpable es uno como el otro cuando se falta. Por eso, porque disculpo mis pecados, tengo el deber de disculpar los de los demás. Lo que no perdonaría jamás es que siendo mía me compartiera con otro. Y eso no ocurrirá. Dentro de Kay y de ti hay madera de buenas chicas, de seres humanos castigados por la vida. Vete, Nancy, que yo apareceré. Pero, dime, ¿de dónde has sacado el periódico si llevo dos semanas ocultándolos?

—Lo traía el reverendo en la mano y lo dejó sobre una mesa, justamente con la página que inserta la cara de Jim hacia arriba.

—Bueno, vale. Vete y olvida.

Y se quedó con el periódico que, luego, al ir a casarse, echó en el fuego de la chimenea.

La ceremonia fue breve.

Gary sentía a Kay temblar a su lado.

No vestía de blanco. Tampoco él de etiqueta. Los dos en traje de calle.

Él mismo había ido el día anterior a comprar ropa para las dos. Nancy tenía la suya y Kay la maleta llena. El vestido que lucía en aquel instante era de un verde pálido y de corte juvenil.

La temblorosa mano de Kay estaba perdida entre los fuertes dedos de Gary entretanto respondían ambos a las preguntas de ritual.

Después que los declararon marido y mujer, Kay se volvió hacia Gary y éste la besó en los labios con sumo cuidado.

Luego vinieron los parabienes, los besos y apretones de manos.

En su mano sintió los dedos de Nancy. Estaban fríos. Y de tan fríos que los notó, los asió entre las dos suyas y los frotó con sumo cuidado, entretanto tío Ross besaba a Kay y la contemplaba reverencioso.

—Sois muy buenos, tío Ross —le susurró Kay emocionada.

Él le guiñó un ojo.

—No siempre fui así, ¿sabes? Tengo atrás, escondido en la despensa de mi conciencia, mis pecaditos y mis pecadotes. Todos pecamos alguna vez, pero el caso es superar todo eso y sentir que eres una persona decente y que te gusta ser decente por encima de todo el pasado.

—Tú crees —preguntó Kay atragantada— que si redimo mi pasado... ¿puedo mirar de frente al futuro?

—Sin lugar a dudas.

—¿Piensa Gary como tú?

—Por supuesto.

—¿Qué pasa aquí? —preguntó Gary pasando un brazo por los hombros de su mujer—. ¿Qué cosa le dices, tío Ross?

—Kay me hace algunas preguntas y yo las contesto.

Gary miró a Kay a los ojos y le puso un dedo en la barbilla.

—Nos vamos en mi auto. Los dejamos aquí. Los invitados estarán más contentos sin nosotros dos. Ross y Nancy les atenderán.

Tenía miedo a verse a solas con Gary.

Que él la hiciera suya.

Que se diera cuenta...

Era todo terrible para ella.

Sabía que no podría entregarse a Gary, aun siendo su marido, sin decirle la verdad.

Sintió en sí un leve estremecimiento y Gary, percatándose, la apretó contra sí y la llevó despacio hacia la salida.

Todos les seguían, todos hablaban a la vez, pero tanto Gary como Kay sólo vieron un rostro dulce y apacible y una sonrisa tibia, muy tibia. Era Nancy. Nancy que tímidamente levantaba una mano y la agitaba y decía adiós...

No lejos de ella, tío Ross los miraba amorosamente.

Kay se perdió en el auto a toda prisa. Quería estar a solas con Gary y decirle.

Decirle, sí.

Decírselo todo...

Después que Gary la repudiara.

No debió esperar tanto tiempo. Debió decirlo todo a gritos aunque Gary no quisiera escucharla, antes de casarse con él.

El auto arrancó y Kay se vio perdida en el asiento con una mano de Gary vigorosa y firme asiéndole los dedos.

El vehículo se perdía en el anochecer con las luces encendidas por aquella larga carretera que conducía a la cancela.

—Hay paradores de turismo por el camino —le iba diciendo Gary—. O moteles. Nos metemos en uno y mañana o pasado seguiremos ruta.

—Gary...

—¿Sí?

—Tengo que decirte algo muy terrible.

—¿De ti?

—Sí, sí —y rompió en sollozos—. De mí.

—¿Por qué no me dejas que lo descubra yo?

—Kay, deja de llorar. Por el amor de Dios, es nuestra noche de bodas y si algo deseo en este mundo es volverte a la realidad y sentirte mía y compartir tu amor y tus goces físicos y síquicos.

Al hablar soltaba los dedos femeninos que estaban tan fríos como los de Nancy, y le pasaba el brazo por los hombros atrayéndola hacia sí.

Fue cuando ella lo dijo.

Con la boca pegada a la solapa de su americana.

Con voz ahogada, sacudida por los sollozos.

—Gary, Gary, tengo que decirte que yo un día anduve por ahí buscando planes. Me entregué a los hombres...

Gary la apretó aún más.

Tanto que la boca de Kay quedó ahogada en su solapa como la voz.

—Gary...

—Cállate, Kay. ¿Es que no entiendes?

Y aún la apretó más para que ella no respondiera.

Y Kay sollozó allí mojándole la solapa.

No supo Gary en qué momento vio las luces rojas del motel.

Había muchos alineados unos junto a otros.

Dio el intermitente y deslizó el auto de carreras hacia la explanada.

Descendió del auto sin que Kay se moviera del mismo y pidió una llave.

Después se acercó y metió la mano por el hueco de la portezuela.

Su voz sonaba dulce y tierna.

—Vamos, Kay. Hemos llegado.

—Gary...

—Después me dices lo que gustes.

14

Pero no se lo dijo porque él no le dio oportunidad para hacerlo.

Cerró la puerta de la habitación con el pie y a tientas, sin siquiera encender la luz, sin soltarla a ella, con una mano, se desprendió de la americana y procedió a desabrocharle a ella el vestido.

—Gary, te dije...

—No he oído nada.

—¿Es que no quieres saber?

Y gritaba.

Un grito que él ahogó con su boca. Y la tiró allí, sobre aquello blando y cayó sobre ella.

Podía pensarse que aquello era viejo para Kay. Pues no...

Era muy nuevo.

Como si fuera virgen y la poseyera un hombre por primera vez. Ella nunca pensó que el amor fuera así.

Tan de dentro.

Tan estremecedor.

Tan tierno y voluptuoso y apasionado.

Gary decía cosas.

No sabía cuáles.

Muchas.

En voz baja y de paso la metía en su cuerpo y le buscaba los labios.

Y ella abría los suyos.

Era todo diferente.

Como si tuviera raíces muy hondas y se le esparcieran por la sangre y aquella se alborotara por todo el cuerpo.

Abatía los párpados.

No veía nada.

Pero sentía a Gary.

Un Gary vigoroso que no parecía enterarse de nada, excepto de que estaban solos y gozaban ambos...

—Gary —dijo en un respiro—. Gary...

—Dime, cariño…

—Tú tienes experiencia...

—Por supuesto.

—Y te das cuenta...

—Me gusta que seas así... Me gusta que sepas por dónde andas.

—¡Gary, yo conocía estas experiencias!

Era como un grito.

Pero él no la oía, reía en sus labios, se los buscaba con dulzura.

Y después decía sobre ellos:

—Lo has creído, pero realmente, la primera experiencia para ti soy yo... También yo tuve las mías... Y, sin embargó, la verdadera, la única, es ésta...

—Tú sabes, Gary...

Gary se gozaba en apretarla contra sí y le buscaba los labios.

En vez de responder, susurró:

—¿Quieres que encienda la luz?

Y la voz de Kay, pura y cálida, tímida:

—No quiero, Gary. Me parece que si la enciendes tendrás otra cara...

Él reía, reía quedamente.

Y en aquellas sombras sus cuerpos se confundían.

Ella siseaba sofocada:

—Gary, Gary... Te quiero. Te quiero. Gary, pero tú no sabes. No sabes...

—No me creas tonto, Kay. ¿Piensas que lo soy?

Ella se oprimía contra él,

Sí sabía, claro.

Era tonto suponer otra cosa.

Por eso sentía que lo quería más.

Y se lo decía bajo.

También él le decía cosas.

Mil cosas, quedamente...

Y entre aquellas pocas frases...

—La vida para ti y para mí empieza ahora, hoy, esta noche, o no, no, mejor el día que nos tropezamos en aquel pub...

¿Algo más?

Claro.

La vida en común en aquel viaje inolvidable.

La personalidad de Gary.

Su ternura, su pasión.

Fue un día cualquiera.

Muchos días después.

¡Se conocían tanto ya!

No había secretos.

Y aquel único que andaba como volando en el aire de sus mentes se confió una noche apacible cualquiera, después de una larga posesión amorosa compartida.

Fue ella la que inició.

Él el que cortó con sus labios y sus frases siseantes:

—Nunca ignoré nada de ti...

El regreso a la hacienda, la vida en común los cuatro conversando en el invierno interminable, en aquel salón.

Días y días que transcurrían plácidos.

No supieron cuándo Kay dio la noticia.

Y la dio gritando, nerviosa.

Todos la miraron asustados.

Y ella se quedó cohibida, cortada, tímida:

Pero iba amorosa a los brazos de su marido.

—Es que es que... voy a ser madre.

¡Cielo santo!

Fue como una campanada esperadísima y celebrada por tan esperada.

Sintió sobre sí seis ojos.

Los de Gary agradecidos y amorosos.

Los del tío Ross divertidos.

Los de Nancy, que para entonces era como el guía de aquella hacienda, la gobernanta, la organizadora, sin su colaboración nadie sabía hacer nada, tiernos y cálidos.

Pero sobre todo, Gary.

Gary yendo hacia ella despacio, cálido, protector.

Kay se oprimió en su pecho.

¡Tenía tanto que agradecerle!

¡Le debía tanto!

Y nació aquel primer hijo y fue entonces cuando Nancy dio la segunda campanada.

Lo dijo una noche.

Así, con voz algo temblona, pero como Ross y Gary parecían adivinarlo todo, se diría que lo sabían.

Siempre lo sabían todo.

—Me caso con Jack...

El abogado de los Boyd...

Aquel señor de treinta y ocho años que pasaba de muchas cosas, que arreglaba desaguisados, que sabía la tira de la vida.

Pero Nancy no se anduvo con medias palabras. Para Jack las abordó todas y fue cuando él le dijo que había sido él mismo el instrumento usado por Gary para destruir la cadena de proxenetas que operaba en cierta zona.

¿El pasado?

Quedaba lejos.

¿Cuánto tiempo había transcurrido?

Mucho. Más de un año.

La vida era plácida y la boda de Nancy fue sencilla y Gary les regaló una parcela donde se disponían a levantar su vivienda.

Aquel día Kay sentía a su hijo dar pataditas y gritos en la cuna, en su mismo cuarto. No quería separarse de su hija.

Eso no.

A ella la habían criado de un modo, claro. Pero ella criaría a su hija con arreglo a sus normas... y a las de Gary, que eran las suyas propias.

Y miraba la casa que se alzaba en construcción no lejos de la suya, en aquella parcela separada sólo por una valla metálica...

Y sintió a Gary entrar.

Se volvió con lentitud.

Bonita, frágil. Divina dentro de su atuendo mañanero.

—Gary...

Él avanzaba.

Fuerte y ancho. Tierno, con su cara de niño grande, sus pecas relucientes, su sonrisa abriendo apenas el dibujo sensual de sus labios.

Se apretó contra él.

Gary la cerró hacia sí y miró también a lo lejos.

—Te debemos la felicidad las dos, Gary.

—No creas. Más os debemos Jack y yo a vosotras.

—¿Y el pasado?

—Disculpo tus pecados, Kay, lo sabes. ¿Quieres olvidarlo de una vez? Tú también tienes que disculpar los míos.

Y al hablar su boca se perdía en la golosina que eran siempre los cálidos labios de Kay...